La collection
ROMANICHELS
est dirigée par
André Vanasse

Genèse de l'oubli

La publication de cet ouvrage a été rendue possible grâce à l'aide financière du ministère du Patrimoine canadien par l'entremise du Programme d'aide au développement de l'industrie de l'édition (PADIÉ), du Conseil des Arts du Canada (CAC), du ministère de la Culture et des Communications du Québec (MCCQ) et de la Société de développement des entreprises culturelles (SODEC).

© 2006
XYZ éditeur
1781, rue Saint-Hubert
Montréal (Québec)
H2L 3Z1
Téléphone : 514.525.21.70
Télécopieur : 514.525.75.37
Courriel : info@xyzedit.qc.ca
Site Internet : www.xyzedit.qc.ca

et

Clara Ness

Dépôt légal : 2ᵉ trimestre 2006
Bibliothèque et Archives Canada
Bibliothèque et Archives nationales du Québec
ISBN 2-89261-454-6

Distribution en librairie :
Au Canada :
Dimedia inc.
539, boulevard Lebeau
Ville Saint-Laurent (Québec)
H4N 1S2
Téléphone : 514.336.39.41
Télécopieur : 514.331.39.16
Courriel : general@dimedia.qc.ca

En Europe :
D.E.Q.
30, rue Gay-Lussac
75005 Paris, France
Téléphone : 1.43.54.49.02
Télécopieur : 1.43.54.39.15
Courriel : liquebec@noos.fr

Droits internationaux : André Vanasse, 514.525.21.70, poste 25
andre.vanasse@xyzedit.qc.ca

Conception typographique et montage : Édiscript enr.
Maquette de la couverture : Zirval Design
Photographie de l'auteure : Nicolas Urlacher
Illustration de la couverture : Karel Appel et Pierre Alechinsky, *Les ancêtres chuchotent*, 1976. © Adagp, Paris, 2006. Courtesy Galerie Lelong
Illustration des pages de garde : détail de la couverture

Clara Ness

Genèse
de l'oubli

roman

XYZ
éditeur

Romanichels

Ce roman n'aurait pas existé sans Marc-Olivier.

Merci à Pierre-Laval pour les corrections,
les réflexions et, parfois, le whisky à dix heures du matin.

Toute ma reconnaissance à mes amis du monde ancien
et à la fidélité de ceux du Nouveau Monde.

Un baiser particulièrement tendre à Aurore,
merveilleuse chanteuse d'opéra.

Genèse de l'oubli
est dédié à mes parents

Parce que, l'autre jour à la Bibliothèque nationale, j'ai regardé
longuement une photo encadrée
de son grand-père, et que dans le
visage de cet homme d'autrefois
dont tout m'aurait séparé, j'ai
vu monter lentement celui de sa
descendante.

DENIS ROCHE,
Dépôts de savoir & de technique

Hadrien

Depuis qu'il était arrivé à Québec, Hadrien roulait bien plus qu'il ne marchait, fusionné plus de douze heures par jour avec sa Ford Thunderbird. Au début, sa voiture lui avait été prêtée par sa compagnie de taxis, puis il avait fini par l'acheter. Elle était devenue une extension de sa maison, une pièce supplémentaire au trois et demie qu'il avait loué rue Notre-Dame-des-Anges, dans le quartier Saint-Roch.

Comme chaque matin, Hadrien s'installa derrière le volant, mit le contact, s'alluma une première cigarette avant de passer fébrilement sa main dans la boîte à gants — Pixies, Bowie, Gainsbourg, Bashung — puis inséra un disque au hasard dans le lecteur. Peu lui importait ce qui allait jouer ; la musique devait sonner très fort, jusqu'à faire trembler ses mains sur le volant en daim blanc. Il démarra et roula dans les rues avoisinantes, s'arrêtant longuement au premier arrêt pour observer un voisin qu'il n'avait jamais remarqué auparavant, petit, rond, une tuque orange vissée sur la tête, et qui pelletait avec une obstination maniaque le demi-mètre de neige qui était tombé devant son garage. Plus loin, rue Christophe-Colomb, il vit une ribambelle d'enfants se tenant par la main en direction de l'école, étroitement surveillés par leurs mères qui marchaient derrière eux.

À bien y penser, c'était la seule chose qu'il aimait de ce métier : regarder sa vie et celle des autres dans un perpétuel mouvement, arbres, maisons, commerces, paysages et gens confondus en un tout indissociable, où seules les Laurentides, tassées derrière la ville, donnaient un peu de perspective à la culture des hommes. S'il avait pu se permettre de rouler toute la journée vers nulle part, tournant sans but ni destination, il l'aurait fait. On peut tout faire en voiture en Amérique, manger, dormir, aller au cinéma, confortablement assis et caché dans ce vêtement de tôle qui protège et rend vulnérable à la fois. C'est un corps entier qui vit et qui meurt, un habitacle qui contient la vie, un cercueil sur roulettes.

— Oui, montez. Vous allez où ?

— Sur la colline parlementaire.

— Par René-Lévesque, ça vous va ? Il y a une manifestation sur Grande-Allée, c'est impraticable.

— Comme vous voudrez.

Il n'y avait rien de plus, rien de moins que les jours qui apportaient leur lot de personnages, de romans vivants assis derrière lui. Les clients avaient cette qualité d'entrer, de payer et de sortir dans une valse étourdissante de va-et-vient, ne laissant aucune autre empreinte à part celles de leurs confidences et de leurs secrets qui le sortaient de lui-même, parfois, le temps d'une course.

Le baby-boomer qui avait pris place dans sa voiture réchauffait ses mains en soufflant frénétiquement dans ses paumes.

— Ils sont au moins dix mille, dit le client pour meubler le silence.

— Je me demande pourquoi ils manifestent.

— Vous n'êtes pas au courrrant ! Ce sont les étudiants. Ils sorrrtent dans la rrrue… Comme leurs parrrents, dans le bon vieux temps. C'est fou comme l'Histoirrre se rrrépète.

— Ouais, dit Hadrien en plissant les yeux, faisant croire à son client que les paroles qu'il prononçait étaient révolutionnaires.

— Vous aviez quel âge, vous, si ce n'est pas trrrop indiscrrrret, en octobrrre 70 ?

— Je n'étais pas encore né, répondit nonchalamment Hadrien.

— Moi, j'avais vingt ans. On voulait rrrefairrre le monde mais on s'est tous rrretrrrouvés en prrrison ! La Loi surrr les mesurrres de guerrre…

— Je sais. Et vous dites que c'était le bon vieux temps ?

— Dans ce temps-là, mon p'tit gars, la rrrue était un espace démocrrratique.

— Comment ça ?

— On sorrrtait, on crrriait… Nous, on les bougeait, les choses !

— Je la connais, la rue. Je peux vous dire qu'elle est assez démocratique merci.

— Non, tss, tss… dit le client en hochant la tête de gauche à droite. Vous ne pouvez pas savoir. Vous n'étiez pas là.

— Ah ouais ? Vous savez ce que c'est, monsieur, des prostituées ? des putes ? lâcha Hadrien spontanément, sans pouvoir retenir la violence contenue dans ses paroles.

— Heu…

— Des ivrognes, des itinérants, qui dorment dehors ? En fréquentez-vous beaucoup, *monsieur* ? ajouta Hadrien sans retenue, les mots tombant de sa bouche comme de l'eau en un jet irrépressible. Il ne savait pas très bien pourquoi cet homme l'énervait, celui-là, cet homme-là en particulier, pourquoi il le détestait en fait, pourquoi il n'arrivait pas à supporter sa présence dans sa voiture une minute de plus. Quelque chose en lui le dérangeait fon-damentalement. Son chapeau, ses manières, sa voix, non, son âge, sa suffisance, sa mine réjouie de père de famille ?

— Aujourd'hui, on donne la bastonnade aux dissidents !

— En 70, on les mettait en prrrison ! C'était pas la même chose, soupira le baby-boomer.

— Vous y êtes. Dix dollars s'il vous plaît.

Le client claqua la porte. Hadrien le regarda s'éloigner, emmitouflé dans son manteau en goretex vert, sa serviette d'un vieux colloque plaquée contre son corps, marcher d'un pas leste vers la foule. Puis il fit demi-tour et se stationna au coin des rues Saint-Amable et de l'Amérique française pour observer la foule sans visage avancer d'un pas lent, poings en l'air sous les drapeaux, criant des slogans inaudibles. Peut-être devrait-il les rejoindre ? N'était-ce pas son devoir de citoyen ? Ne devrait-il pas être lui aussi solidaire des étudiants, des pauvres, des ouvriers ?

Il repensa en frissonnant à ce coup de fil qu'il avait reçu la veille, cherchant en même temps la flasque qu'il avait glissée dans la poche intérieure de son manteau, offerte par Ariane il y avait trois ans déjà. « Au bout d'un certain temps les alcooliques ne font plus la différence entre la sobriété et l'ivresse », disait *Le Journal de Québec* de ce matin en page 2. Observant la foule d'un œil endormi, il but une première gorgée qui le calma temporairement. Il faut dire que les semaines s'enchaînaient ici en un continuum parfait de grâce et de dégoût, et c'était précisément *cela* qu'il était venu chercher dans la forteresse de Québec après avoir claqué, à dix-neuf ans, la porte de l'appartement de la rue du Mont-Cenis puis celle de la France entière.

Mais il y avait eu cet appel de sa mère, la veille. Subitement, le tourbillon qui l'avait pris dans ses hélices s'était arrêté par une fin d'après-midi de grand calme. Pas un verre, pas une note de musique pour croire que cela, l'oubli, continuerait sa caresse habituelle. Et si seulement il s'était écroulé juste avant le coup de fil, au verre pénultième comme on dit… « Ton père est mort », qu'elle avait dit, sa mère, avec sa voix de femme amère. Elle l'avait dit sur le ton de la menace, presque une provocation, pour voir si lui, son fils ingrat, aurait au moins une réaction de tristesse décente ; puis, réalisant qu'il ne céderait à aucune émotion, elle avait presque crié « Il faut absolument que tu viennes » juste avant de lui raccrocher au nez. On y était désormais, au retour de l'aube. On éteindrait les lampes, cette fois il n'y aurait vraiment plus de fête, il n'y aurait plus de nuit, surtout pas de musique ; il faudrait revenir à Paris, à des années-lumière de lui, là où les choses crépitaient encore, là où les machines n'avaient pas encore stoppé leur course, entraînées par de puissantes institutions de surveillance, Familles et Police au premier rang. « Ton père est mort » et « Il faut que tu viennes » étaient les deux seules phrases de la conversation de quarante-cinq minutes qu'Hadrien arrivait encore à se rappeler.

Le plus étrange, c'était que son père, brillant acteur membre de la Comédie-Française, applaudi par le Tout-Paris, aimé des femmes, respecté par le métier, jouissant d'un rayonnement artistique important, cet homme élégant et intelligent qu'il détestait et qu'il avait quitté dans le mépris le plus absolu, lui avait laissé cette phrase écrite dans son testament, d'une cruauté absolue quand on sait l'importance que prennent les mots des morts : « J'ai toujours souffert de l'absence d'Hadrien. » Voilà, ça lui revenait maintenant, peu à peu, encore quelques mots de cette conversation avec sa mère à qui il ne parlait qu'une seule fois par année, la punissant par le fait même d'avoir épousé un monstre. D'ailleurs il s'était toujours demandé si son père s'était rendu compte qu'il était parti.

Il avala une autre gorgée de cet excellent whisky qu'il avait acheté le samedi précédent à la SAQ de la rue Saint-Jean. Une irrésistible envie de se branler lui vint comme chaque fois qu'il buvait seul dans sa voiture, peut-être pour braver l'ennui. Il redémarra et descendit jusqu'au parc des Champs-de-Bataille, arrachant violemment Alain Bashung du lecteur et le remplaçant par la voix insupportablement sensuelle de Patti Smith tandis que les souvenirs de la vie d'avant martelaient ses pensées au rythme du métronome cardiaque.

Hadrien était le seul des cinq enfants à ne pas avoir embrassé la profession artistique. Jeanne était chanteuse lyrique dans un orchestre de chambre à Bordeaux. Louise était professeur d'arts dans un collège de province. Christian était metteur en scène à Londres. Et la petite Marthe était danseuse, encore en apprentissage, à Lyon.

De la fenêtre de sa chambre d'enfant qui donnait sur la cour intérieure, là où s'accumulaient les étés et les hivers en un même jeu d'ombres, il espionnait déjà à cette époque la voisine du cinquième étage qui étendait son linge à sécher, avec ses seins qui pointaient dans ses chemises le plus souvent fleuries.

Les bruits des voix, les bruits des pas, des assiettes qu'on frotte, les klaxons de la rue étaient les seuls sons qui entraient dans sa maison. Sitôt la porte franchie, les enfants couraient à leurs chambres comme de petits rats surpris par la lumière. En cinq minutes, le temps d'ouvrir et de fermer la porte de l'entrée, la maison était à nouveau vide, occupée par des fantômes dont le sang bouillait et roulait sans cesse.

Tout au fond du couloir se trouvait la porte, toujours close, du bureau du Père. Au-dessus de cette porte, sur un tableau blanc encastré dans le vasistas, il était écrit, en lettres grecques qu'Hadrien avait appris à déchiffrer : « L'art doit être beau, l'artiste doit être beau. »

Le Père disait que, pour jouer, pour bien jouer, pour apprendre des textes, les interpréter, les intérioriser, les comprendre, il fallait que le silence soit absolu. Pas un éclat de voix ne résonnait en dehors du bureau du Père. Il y passait toutes ses journées, sauf lorsqu'il était en tournée à l'étranger, là où il n'avait jamais amené ses enfants, New York ! Chicago ! Boston ! Montréal ! Barcelone ! Hong-Kong !

Rome! Casablanca! Cartes postales, secrets bien gardés. Jamais les enfants ne franchissaient le seuil, ils frappaient doucement à la porte et baissaient les yeux, presque naturellement, lorsqu'ils entendaient les pas du Père s'avancer vers eux.

Seule la Mère savait ranger des couverts et des dizaines d'assiettes en porcelaine les unes sur les autres sans faire aucun bruit, battre des œufs en neige avec un fouet ou encore laver les draps de la maison en conservant un silence de moniale. Un seul bruit et le Père pouvait perdre sa concentration et laisser s'échapper, comme un papillon, des heures de méditation que lui procurait un personnage, un poème, une peinture... La Mère, très amoureuse de son mari, imposait à toute la maisonnée cette règle du silence et sévissait au moindre écart.

Lorsque le Père, le soir, daignait boire la même soupe que ses enfants, il parlait de sa douleur de vivre, du sacrifice que représentait le métier d'artiste, de ce don de lui-même qu'il offrait à l'humanité, lui, ce supplicié épris d'art. Alors la Mère entourait de ses bras les épaules de son mari, attendrie par le discours du martyr: «Pourquoi continuer?» lui disait-elle tout bas. Et lui, le dos soudainement voûté, répondait avec son irréprochable talent d'acteur: «Parce que je n'ai pas le choix.» Puis, abattu, il retournait dans son grand bureau, tard dans la nuit, lire des passages mélancoliques, et pleurer un peu.

Hadrien ne se souvenait pas d'avoir entendu le Père lui demander ce qu'il voulait faire de sa vie, ni comment il s'y prendrait.

— Montez, montez.

Depuis ce matin, le taxi roulait dans les rues de Québec à la recherche d'un client. Le froid sifflait entre les édifices, la neige fouettait par grandes bourrasques les maisons de la capitale. La ville était déserte. Personne à la gare, ni au terminus, ni au château Frontenac, personne à la sortie d'un ministère, pas même un touriste perdu, près des plaines d'Abraham. Et puis elle apparut : la Sainte Famille au coin de Saint-Jean et de la côte du Palais, encombrée de sacs, de valises, faisant de grands gestes ridicules avec les bras, les premiers clients, la grosse course jusqu'à l'aéroport qui lui permettrait peut-être de payer la dernière facture d'Hydro ?

— Lucie, tu vas t'asseoir derrière.

— Mon doudou !

— Chéri, passe-moi le doudou de Lucie. Chéri ?

— Attends, je suis coincé dans la porte.

— Mon doudou !

— Chéri, as-tu pris le passeport de Lucie ?

— Mais c'est pas vrai ! Tu vas me le demander COMBIEN DE FOIS !

— T'énerves pas comme ça. Et puis la première fois, tu ne m'as pas répondu.

— Putain !

— Quoi encore ! Monsieur, arrêtez la voiture s'il vous plaît.

— Je n'ai pas encore démarré.

— Chéri, le doudou de…

— Merde, Corinne! Je ne peux même pas BOUGER!
En plus j'ai les doigts complètement gelés. C'est quoi ces
portières de merde?

— Des « suicide doors », répondit fièrement Hadrien.
Elles s'ouvrent dans le sens inverse. Par exemple, si une
voiture arrivait à ce moment précis en sens inverse, elle
vous frapperait de plein fouet.

— Sympa. Vous ne voyez pas que je suis coincé?

— Ouvrez et fermez la portière. Non, dans l'autre sens.
Où vous allez? ajouta Hadrien, amusé.

— Ça ne s'ouvre PAS ce PUTAIN de TRUC!

— Attendez.

Hadrien sortit de la voiture.

— Merci. Ce n'était pas trop tôt.

— Étienne, calme-toi, chuchota sa femme.

— Oh! toi! Il faut toujours se calmer avec toi! On ne
peut jamais s'énerver! C'est énervant de pas pouvoir
s'énerver. Ça m'énerve d'être calme quand je suis énervé!

Lucie, cinq ans, manteau rouge et yeux noirs, se mit à
pleurer. Hadrien observait dans son rétroviseur la mère de
Lucie qui portait une doudoune beige et un pantalon écru,
et tenait son sac serré contre elle. Elle avait déboutonné son
col et une chaînette en or descendait le long de son cou,
avec une croix au bout qui tombait juste au bon endroit.
« Corinne. »

— Chéri… Je suis sûre qu'on a oublié le pass…

— Non. J'ai les passeports. Les trois passeports. J'ai le
tien, le mien, celui de Lucie, celui du chauffeur de taxi,
celui du président de la République, alors!

Hadrien regagna sa place à l'avant.

— Moi, ça ne me dérange pas, mais le compteur, lui, il
tourne.

— Qu'est-ce qu'il me veut, celui-là? demanda Étienne.
Lucie, tu peux pas t'arrêter de chialer comme ça?

— Le compteur tourne. Vous en êtes à huit dollars. Et nous ne sommes toujours pas partis.

— À l'aéroport, s'il vous plaît, ordonna Corinne.

Il prit le boulevard Champlain, longea le fleuve.

— Le 3 juillet 1608, commença Hadrien, voulant mettre ses clients en face de leur ignorance, Champlain accosta à la pointe de Québec. Il fit ériger trois bâtiments principaux, entourés d'un fossé et d'une palissade de pieux. Cet emplacement allait devenir la ville de Québec. Regardez à votre gauche. Champlain a navigué sur ce même fleuve, descendant en 1611 les rapides de Lachine en compagnie des Hurons. Il cherchait la «mer du Nord»…

— Passionnant, dit Étienne en soupirant.

— Vous avez l'accent, vous êtes Français aussi? interrompit Corinne.

— Oui. Mais je suis ici depuis onze ans.

— C'est étrange, vous ne l'avez pas perdu, votre accent.

— C'est dur de perdre un accent.

— Houhouhouhou!

— Lucie, tu ne peux pas te TAIRE?

— En tout cas, moi, les Québécois, je ne comprends rien quand ils parlent, dit le père en étouffant un petit rire.

— Oh! moi, je trouve ça charmant! dit la mère.

— Ah non! Ça tue l'amour, aboya Étienne.

— Les Québécois, ce sont quand même sept millions et demi de personnes qui se battent pour la sauvegarde de la langue française… rétorqua Hadrien.

— Attendez, c'est pas avec le mot «courriel» qu'ils vont sauver la langue française!

Hadrien roulait lentement à cause de la tempête, actionnant ses essuie-glaces à toute vitesse, montant le son afin d'étouffer les paroles de cet imbécile. De la buée se formait à l'intérieur de la voiture, obstruant sa vue. Les roues peinaient à adhérer à la chaussée recouverte de givre. Il passa sous le pont de Québec, puis sous le pont Pierre-Laporte :

— Vous savez qui était Pierre Laporte ?

— Non, mais je sens qu'on va le savoir, dit Étienne entre ses dents.

— C'est un ancien ministre du Travail. Il a été enlevé par des membres du FLQ pendant la crise d'Octobre, ce qui a déclenché le décret de la Loi sur les mesures de guerre. Son corps a été retrouvé dans le coffre d'une voiture, tué par strangulation.

— Bon ! Je crois que le cours d'Histoire est terminé pour aujourd'hui, n'est-ce pas Corinne ?

— Oui… Monsieur, notre fille n'a que cinq ans. (Pourtant Lucie s'était enfin tue pour une fois.)

Par moments, Hadrien ne maîtrisait plus la conduite de sa voiture qui valsait légèrement de gauche à droite sur la patinoire des routes. La lumière des phares, même en plein jour, n'éclairait pas plus loin qu'à un mètre devant lui.

— Attention !

Neige. Neige et silence.

— Étienne ! Étienne, ça va ?

— Ne paniquez pas, ne paniquez pas, hurla Hadrien. Nous avons juste fait un 360°. Ça arrive parfois, en pleine tempête.

— Je veux sortir ! cria Corinne en tirant sur la poignée de la portière du côté de la route.

— Vous ne savez pas conduire ? bondit Étienne.

— Écoutez, le 360° fait partie des chocs culturels du Québec. On s'y habitue.

— Lucie !

L'enfant ne disait pas un mot, fixant un point invisible devant elle.

— Elle est traumatisée. Vous avez traumatisé ma fille ! Vous auriez pu la tuer ! hurlait la mère, partagée entre l'idée de s'enfuir et celle de protéger sa fille.

— Mon doudou… houhouhouhou…

— C'est encore loin ? demanda Étienne.

— Quinze minutes encore. C'est à peine si on peut voir les panneaux.

— L'avion part dans une heure. On va le rater. C'est de ta faute, Corinne, avec ton délire des passeports !

Hadrien se rangea sur le côté pour éviter les voitures qui passaient derrière lui. Une bourrasque les enveloppa dans une atmosphère blanche, secouant légèrement la voiture.

— Je vais essayer de redémarrer. S'il vous plaît, restez calmes.

— Étienne, j'ai peur… dit Corinne, qui s'était rassise dans la voiture.

— Plus jamais, JAMAIS le Canada, tu entends ? Encore une de tes bonnes idées ! rétorqua Étienne.

La voiture ne démarrait pas.

— Attendez-moi une minute.

Hadrien sortit, s'accroupit et enleva à mains nues les mottes de neige durcie accumulée aux quatre roues.

— Mais qu'est-ce que vous faites ? Ça fait dix minutes qu'on attend ! cria Étienne en ouvrant la portière.

— Fermez la portière, la chaleur va s'échapper. Non, dans l'autre sens. Voilà.

Les doigts bleus, Hadrien rentra dans sa voiture en claquant la portière très fort.

— Maintenant, vous restez calmes, dit-il d'une voix ferme.

Toute la famille se tut et Hadrien conduisit à une vitesse folle jusqu'à Jean-Lesage. À l'aéroport, il se stationna dans l'aire réservée, en face de la porte des départs.

Il aida ses clients à décharger leurs valises. Le père, qui avait attaché des étiquettes « Air France Grand Voyageur Privilège Or » à chacune des poignées (bien qu'il voyageât en *charter* classe économique sur Air Transat), ne lui laissa aucun pourboire. La petite Lucie lui tira la langue. Les parents ne lui jetèrent aucun regard. Et ils partirent. Tous les trois. Vers le Vieux Continent.

Hadrien était fatigué, c'était une mauvaise journée. Presque pas de clients à part cette bande de fous, des heures dans la tempête, rien de tellement neuf dans cette ville qu'il aimait bien.

Quand il rentra chez lui, Ariane était assise dans la tiédeur de la cuisine. Il accrocha son manteau dans l'entrée, à côté de la minuscule veste rose de Lili. De la poche du manteau sortaient ses mitaines, aussi petites que des raisins, et dessous étaient rangées ses bottines de poupée. Tous ces objets absolument étrangers, irréels, absurdes étaient là, placés comme un fait indéniable... Un jour, Hadrien était rentré de l'hôpital avec «ça» dans les bras, un petit paquet de chair qui braillait et qui morvait et qui chiait et qui aurait bientôt des dents, des caprices, des jouets, puis des seins et des menstrues et des crises de nerfs, Lili, c'était le nom de la grand-mère d'Ariane, oui, pourquoi pas «Lili», ça sonne comme une fleur, qu'il avait répondu à Ariane quand elle lui avait dit en larmes qu'elle était enceinte et que ce serait plus sage, *vu leur situation*, d'avorter. C'était au printemps dernier, quand l'odeur des lilas empestait à en crever toutes les pièces de l'appartement, «et si on le gardait?» qu'il lui avait dit, pensant seulement faire plaisir à Ariane, mais en fait c'était plus que cela, il y tenait à ce bébé, c'était étrange, plus qu'elle on aurait dit, et alors Ariane était entrée dans sa vie avec une sorte de précipitation qu'il n'avait pas prévue, un appétit énorme de vivre et de rire et de faire l'amour et la fête et d'inviter des copains à elle pour faire des dîners où l'on mangerait des raclettes et aussi écouter de la musique et danser dans le salon complètement soûls, toutes ces choses qu'ignorait Hadrien avant de la rencontrer et dont le besoin même ne s'était jamais fait sentir.

Donc, ce soir-là Ariane était dans la cuisine et Hadrien se répétait que c'était beaucoup mieux que la vie d'avant avec les bières et les lignes de coke coupées à la mescaline pour se donner l'énergie de pénétrer des filles qu'il ne connaissait pas, préférablement des moches, des pauvres et des grosses, elles avaient toujours un énorme besoin d'amour et de sexe et c'était cent fois mieux qu'avec les bourgeoises propres et coincées, mais un jour il y avait eu Ariane qui était étrange et drôle, et peut-être que la Machine avait sournoisement programmé l'affaire, la Famille ne s'arrête pas toujours quand on veut, en tout cas ce soir-là Ariane souriait à l'enfant qui tétait toujours, son petit bras en l'air, tout droit dressé comme un drapeau.

Bien que la pastorale qui se dégageait de ce tableau le fît frémir d'effroi et qu'il avalât deux somnifères pour arriver à s'endormir, Hadrien n'arrivait pas à être tout à fait indifférent à l'attraction puissante qu'exerçait cette femme, une femme parmi les autres femmes enfin, mais c'était elle quand même qui dormait à ses côtés, Ariane, qui participait tous les jours à cette sorte de course qui fait qu'aussitôt après avoir joui en faisant l'amour on ne pense qu'à remettre ça, déjà tendu vers ce nouveau moment où la charge, la pleine charge sera à nouveau en jeu.

À l'âge de quinze ans, Jeanne avait dormi chez un garçon, ce qui avait fait l'objet des ragots de la concierge pendant trois mois. Christian fuguait. Louise s'assombrissait. Hadrien rêvait de muer. Le Père s'enfermait encore plus longtemps dans son bureau au fond du couloir et n'en sortait que la nuit ; le matin il dormait, et il fallait garder un silence de mort dans la maison sinon sa colère était terrible.

Christian avait déjà parlé avec Jeanne de s'en aller. Hadrien les avait entendus, une fois, dans la cour.

— Papa ?

— Attends.

— Papa ?

— Hadrien, tu ne vois pas que je suis occupé avec le monsieur ? Attends-moi là.

Hadrien s'assit dans le fauteuil Louis-Philippe, jambes et bras croisés, fixant *Le Figaro littéraire* qui traînait, devant lui, sur la table basse. Il voulait obtenir la permission d'aller jouer avec son voisin Lionel, le fils de la dame aux gros seins. Il agitait nerveusement son petit pied dans les airs, jetant de temps à autre un coup d'œil à son Père, très engagé dans une conversation avec un metteur en scène qu'il ne connaîtrait que beaucoup plus tard.

Hadrien avait douze ans et les choses se mettaient à changer. D'abord, ce salon qu'il pensait connaître par cœur, et dont les meubles, les bibelots, les livres, les peintures l'écœuraient à un point maximal, ne lui semblait plus du tout être comme avant. Ce jour-là, il avait eu l'impression d'être parmi ces objets comme pour la première fois, aussi étranger que ce monsieur Vitez qui parlait avec son père dans l'entrée.

Il s'imaginait être un étranger dans ce foyer, un étranger dans cette maison, un étranger dans ce corps même. Étranger au Père… Et s'il était le fils de quelqu'un d'autre? C'était presque impossible qu'il soit le fils d'un homme pareil… Le Père avait des épaules larges, une poitrine pleine, une grosse voix, une chevelure dense, blonde et blanche, un nez droit, une aisance extraordinaire ; Hadrien était brun, maigre, maladroit, timide, soumis, pâle et fragile. Des grains de beauté, piqués çà et là sur les joues et le cou, contrastaient avec son teint blanc.

Ennuyé par l'attente, Hadrien avait profité de l'absence de Jeanne pour se glisser dans sa chambre. Il ouvrit son placard. Elle avait entassé ses robes de hippie, ses colliers à billes, ses bagues, ses broches *Peace and Love*, ses pinces à cheveux, ses foulards, ses sous-vêtements, ses souliers chinois et ses bracelets en une immense boule compacte où se mêlaient aussi les fards, les rouges à lèvres, les brosses à cheveux, le mascara et le khôl. Seule une paire de chaussures chic était rangée cérémonieusement au fond d'un tiroir. À l'intérieur de l'une d'elles, une grande bouteille de rhum blanc. Il la prit, en but une gorgée. Il plongea sa main dans le tas informe de vêtements pour en extraire un rouge à lèvres. Il enleva le capuchon, en respira l'odeur. Il appliqua consciencieusement le rouge sur ses lèvres. Il prit une des robes, longue, bleue, avec des fleurs brodées aux manches. Elle était si longue qu'il ne voyait plus ni ses pieds ni ses mains. Il chaussa les escarpins, noirs et cirés. Ils lui allaient parfaitement.

Mais il avait oublié l'essentiel : le soutien-gorge. Ne sachant pas comment l'enfiler, il l'agrafa par-dessus sa robe, les deux bonnets tombant, vides et tristes, sur son abdomen. Il se regarda dans le miroir de la coiffeuse, tournant sur lui-même, se faisant des clins d'œil, des moues de magazines féminins. Il posa ses mains sur ses hanches, roulant son petit derrière, basculant son menton vers le côté, cillant, se recoiffant.

— J'pense pas que c'est par là.

Hadrien avait complètement oublié le client qui venait de monter dans son taxi. C'était un homme d'une cinquantaine d'années avec un gros ventre, des doigts poilus et un blouson de cuir mal taillé et dont le visage lui était vaguement familier. Il transportait avec lui un attaché-case qu'il avait ouvert sur ses genoux, rempli à craquer de documents.

— J'ai juste une heure. J'ai une réunion tout de suite après.

— Vous avez dit par où ?

— Écoutez, monsieur, je l'sais ben que vous êtes Français, mais tout le monde à Québec connaît le Lady Mary Ann.

— Oui, oui.

— Vous reviendrez ?

— Où ça ?

— Ben, me chercher ! Après !

— Oui, oui.

Il déposa le gros devant le Lady Mary Ann (Hadrien se rappela que c'était justement dans ce bar qu'il avait vu ce client auparavant) qui le menaçait avec son doigt boudiné en affirmant que s'il ne revenait pas le chercher dans une heure « ça irait mal », puis il remonta se garer près des Plaines. Il mit le chauffage à fond et un disque des Pixies. À travers le pare-brise, le ciel, chargé, ne désemplissait pas de souvenirs. Il chercha frénétiquement sa flasque dans les poches de son manteau ; elle n'y était pas. Pris de panique il voulut faire demi-tour pour retourner à la SAQ sur la rue

Saint-Jean ; puis il regarda sous le siège et il vit que la flasque avait glissé entre la portière et le siège. Il avala une double rasade et défit sa braguette.

Comme les bonnets du soutien-gorge manquaient d'un peu de contenu, Hadrien essaya de les gonfler avec des mouchoirs pour que ça ait l'air plus vrai. Il mit ensuite des pinces dans ses cheveux et des colliers qu'il enroula à ses poignets.

Il fut assez troublé de constater à quel point son visage, ses bras sans muscles et ses petits doigts lui faisaient penser à ceux d'une fille. Quelques vêtements seulement avaient suffi à le rendre méconnaissable. Il avait souvent vu le Père au théâtre se métamorphoser par l'artifice des costumes mais il le reconnaissait tout de suite, il savait que c'était un jeu de deux heures entrecoupé d'un entracte.

Monsieur Vitez venait de partir. Hadrien était convaincu que le Père l'avait oublié, mais étonnamment il l'entendit ouvrir et fermer les portes de toutes les chambres. Il pouvait l'imaginer respirer de plus en plus furieusement comme un taureau qui sent sa mort approcher, le dos piqué de banderilles, fatigué, frôlant la muleta, presque mort… Le Père demanda à Louise : « Tu as vu Hadrien ? » et elle avait répondu, sans doute d'un signe de tête, « Non ».

— Monsieur ! Monsieur ! Réveillez-vous !

Deux gardiens cognaient dans la vitre du taxi. Hadrien regarda sa montre : vingt heures. La batterie de la voiture s'était vidée. Il avait oublié son client au Lady Mary Ann, qui devait déjà se plaindre à la compagnie de taxis.

Il attendit l'autobus dans la rue Honoré-Mercier puis changea d'idée et décida de rentrer chez lui à pied. Transi, il ne parvenait plus à mettre une jambe devant l'autre lorsqu'il arriva enfin au coin de Notre-Dame-des-Anges et de Saint-Anselme. Il tourna la poignée de l'appartement en un mouvement record de lenteur avant de pénétrer chez lui, où une voix invisible l'accueillit :

— Tu pars après-demain à huit heures quarante du matin.

— Quoi ? bégaya-t-il entre deux claquements de dents.

— J'ai appelé. Il y a un vol après-demain à huit heures quarante du matin à l'aéroport de Québec ; escale à Montréal de trente minutes, puis direction Londres, escale de cinq heures, puis Paris. J'ai rien trouvé de mieux. Et j'ai déjà réservé pour toi.

Il entra dans la cuisine et vit Ariane de dos, devant la cuisinière, occupée à touiller un liquide rouge avec une cuillère en bois.

— Ah ! C'est froid !

— Je veux juste les réchauffer, supplia Hadrien en glissant ses mains sous le pull d'Ariane.

— Arrête ! C'est des glaçons vivants !

Ariane se tortillait sous les chatouilles. Pommettes, lèvres roses, nez trompette, yeux noisette, partout elle goûtait bon, la petite femme d'Hadrien. Il l'embrassa sur la bouche, faisant courir ses mains sous sa chemise à petits pois.

— Subtil, le whisky.

— *Babe.* Il fait moins trente-cinq degrés.

Ariane tiqua, puis elle retrouva son visage de jeune fille souriante et enjouée, mystérieuse et froide, cette comédienne aux mises en scène quotidiennes. Il faut mentir en société, disait-elle toujours, c'est une coquetterie comme les autres. Hadrien était assez d'accord en théorie. Surtout lorsque Ariane, au théâtre, jouait avec ce que les chanteurs de flamenco appellent le *duende,* cet être mystérieux, mi-diabolique, mi-angélique, qui se nourrit de ceux qui croient en lui, une étrangeté qui s'enfonçait dans la sensibilité des gens comme un tire-bouchon... Ariane qui jetait ses répliques sans voix, sans souffle, comme une folle, la gorge en feu.

Dans la vie d'Ariane, il y avait un groupe de personnages qu'elle endossait selon les situations, rôles qu'elle répétait depuis son enfance, les maîtrisant à la perfection. Elle pouvait éclater d'un rire énorme pour cacher des sanglots ; il y avait une cohérence dans sa vie due au seul fait qu'elle mentait sans cesse.

— Tu as faim ? J'ai fait du poulet au curry avec du riz. Regarde au frigo, dans le plat bleu.

Coup d'œil à l'horloge de la cuisine qui affichait dix heures et demie du soir. Ariane déposa le plat bleu dans le micro-ondes et Hadrien fut absolument captivé par la rotation du plat sur la plaque de verre.

— Ça va, à part le micro-ondes ?

— Je pense que je vais entrer moi aussi dans le micro-ondes pour me réchauffer.

— Tu peux éteindre le feu du poêle dans dix minutes ? Je vais me coucher, je suis crevée.

Hadrien resta dans la cuisine à fumer des cigarettes, même quand elle éteignit, le laissant dans le noir, pour rire, avant d'entrer dans leur chambre. Puis il se fit couler un bain brûlant, où ses doigts et ses orteils fondirent un à un dans une douleur inextinguible.

Une fois au lit, il dit par-dessus l'épaule d'Ariane tournée sur le côté, en boule, et qui faisait semblant de dormir : « Ariane, je ne retournerai jamais à Paris. »

L'année des quatorze ans d'Hadrien, son Père tomba gravement malade. Il ne quittait plus le lit et râlait toute la journée contre l'injustice de son sort. Pourquoi un si grand comédien, lui, cet être de don et d'amour, devait-il être condamné à souffrir ainsi ? Pour renverser le mauvais sort, il décida d'asservir toute sa famille afin qu'elle comprenne la douleur que lui endurait quotidiennement.

Dix heures par jour, la Mère le veillait, l'aidait à manger, à se laver et à aller aux toilettes, tandis que Jeanne et Louise se relayaient pour lui faire apprendre des textes par cœur. Christian devait le soutenir pour l'aider à marcher et à descendre l'escalier, pendant que ses sœurs lui lançaient des «S'il vient, de l'embuscade sortez vite, et poussez au drôle une estocade» ou encore des «Tout ce que tu me dis, Euphorbe, est incroyable». Accroupi sur le siège des toilettes, le Père répétait *Hernani* dans une agonie pathétique plus vraie que nature. Trop petite encore, Marthe se contentait d'applaudir. On avait interdit à Hadrien de faire quoi que ce soit, à cause des difficultés de concentration qu'il éprouvait à l'école ; le Père se plaisait à lui répéter qu'il n'était qu'un bon à rien. Cette condamnation l'excluait aussi de la seule vie familiale qu'ils aient connue, servir le Père nourricier ; à cette époque, Hadrien l'avait secrètement baptisé «Art», condamnant à jamais le mot à une définition morbide.

Christian venait d'obtenir son bac. Art avait souhaité qu'il passât l'été à son chevet. Mais un matin de juillet, on vit entrer Christian dans la chambre paternelle, une valise dans chaque main. Dans le salon patientait Antoine Vitez. Dans la cuisine, la Mère pleurait.

Ce jour-là, Christian portait une veste de cuir ajustée, un pantalon à carreaux, des bottes italiennes. Il ne s'était jamais présenté au Père de cette façon, mais Art dit seulement : « Tu t'en vas ? » Les choses se passent plus simplement qu'on ne l'imagine. Par la suite, les nouvelles de Christian furent rares. Hadrien apprit qu'il s'était joint aux ateliers d'Antoine Vitez puis les avait quittés pour ceux d'un autre metteur en scène, à Londres.

À la maison, quatre femmes séparaient Art et Hadrien ; mais Jeanne, étouffant dans ce climat où s'entrechoquaient les enjeux d'une lutte malsaine pour le mâle de la maison, se maria rapidement à un chef d'orchestre qu'elle n'aimait pas et partit à son tour, quelques mois après Christian.

Hadrien se rapprocha alors de Louise. C'était une jeune femme très secrète, calme et disciplinée. Habillée sobrement, jupes et chemisiers, étrangement rousse, elle passait plusieurs heures par jour au Conservatoire de musique de Paris et espérait plus que tout au monde devenir soliste. Elle avait une voix en or et pouvait chanter n'importe quel air à l'oreille. Elle n'avait pas de robes hippies dans son placard, encore moins de maquillage ou de bouteilles d'alcool, mais des centaines de partitions, un portrait de Bach au-dessus de son lit et beaucoup de romans.

Louise admirait profondément Art. Elle comprenait sa volonté, son goût d'absolu, sa discipline. Elle n'avait jamais dit un seul mot contre lui et elle lui avait toujours été entièrement dévouée. Mais, très rapidement, débordée par le travail que lui demandait le Conservatoire et obligée de soigner nuit et jour Art qu'elle adorait, Louise tomba malade à son tour.

Jour après jour, Louise dépérissait. Hadrien remarqua que les os de ses bras devenaient de plus en plus saillants, que ses coudes pointaient comme des fuseaux. Ses clavicules semblaient vouloir exploser sous sa peau trop tendue ; sa mâchoire et même ses dents se devinaient sous la fine peau de ses joues. Un matin, alors qu'elle était toujours la première levée, Louise ne put sortir du lit. Hadrien était entré sur la pointe des pieds dans sa chambre et l'avait vue, les mains remplies de ses cheveux qu'elle ramassait en touffes sur son oreiller. Puis, Louise ne fut plus capable de marcher. Des milliers de petits poils blancs avaient recouvert son corps fatigué. (Au même moment, Madonna explosait de sexualité dans les vidéoclips qu'Hadrien regardait en douce chez son voisin Lionel.) Mais sa sœur Louise à la voix d'or, la tête pleine de chants lyriques, les poignets de la taille d'une petite cuillère, ne chantait plus depuis longtemps. Sa voix finit par se briser.

Art n'était pas très inquiet pour sa fille. Elle était jeune. Tandis que lui était déjà un peu vieux, et c'était de sa propre santé qu'on devait s'inquiéter. La Mère le veillait toujours un peu plus chaque jour. Marthe, malgré ses neuf ans, occupait à son tour un rôle beaucoup plus actif dans la maison, jouant l'infirmière entre Louise et Art.

Louise avait commencé à s'intéresser à la peinture. Hadrien lui rapportait des livres de la bibliothèque, et aussi des pinceaux, du papier, des tubes de couleur. Tous les jours il lui racontait ce qui se passait dans le monde, avec ce qu'il savait des guerres et des paix racontées à la télévision, et aussi le baccalauréat qu'il préparait à son tour.

Louise n'avait jamais passé le concours du Conservatoire. Affaiblie mais indemne, elle était sortie de son lent sommeil au bout d'un an. Art, très heureux de retrouver son ancienne employée de maison, l'occupa. En plus de se charger du ménage et des courses, Louise devait de nouveau lui lancer les répliques. Mais quand elle lui annonça qu'elle allait se marier avec un instituteur, et qu'ils déménageraient en Bourgogne, il n'opposa aucune résistance. Louise se maria dans le mois courant.

Elle avait sacrifié sa vie entière pour attirer son attention. Elle avait voulu faire comme lui : une brillante carrière, des études prestigieuses, une réussite artistique durement gagnée... Mais Art, inquiété par l'ambition de sa fille, fut soulagé d'apprendre qu'elle ne lui ferait plus la moindre ombre, ni par sa voix ni par sa peinture, perdue qu'elle était désormais dans sa campagne bourguignonne. Le jour où elle lui apprit la nouvelle de son mariage, elle le vit lui sourire pour la première fois de sa vie, en soupirant de soulagement. Il la prit dans ses bras en lui souhaitant bonne chance, puis embrassa son gentil mari, ce piètre remplaçant.

Il ne restait, à la maison, que Marthe et Hadrien. La Mère avait décidé que l'un de ses enfants devait savoir danser. Le sort s'abattit naturellement sur Marthe. Elle suivit des cours de ballet classique. Art ayant retrouvé la santé, il l'obligea à user ses chaussons sur les planches de l'Opéra de Paris tous les jours de l'année pendant huit ans.

Le soir, quand Marthe rentrait, elle courait sur ses talons, en pleurant jusqu'à la salle de bains où elle pouvait enfin laisser tremper ses pieds en sang dans une bassine d'eau glacée qui la calmait.

Marthe aimait-elle vraiment la danse ? On ne le lui a jamais demandé. Mais à voir sa petite tête d'enfant sauvage, autrefois si joyeuse, devenir si sévère, à ne plus jamais l'entendre rire ni rêver, on pouvait en déduire que Marthe n'aimait pas les pointes, les salles de répétition, les autres filles avec leurs chignons serrés et leurs fesses dures.

— Ça vous fera treize dollars.

— Comment ça, treize dollars ? On n'a même pas roulé dix minutes !

— C'est le tarif.

— T'as tourné en rond comme si tu connaissais pas le coin! Québec, c'est gros comme ma yeule!

— Désolé, mais c'est le prix.

— Sais-tu ce que tu vas avoir? Hein?

— Je...

— Tins, ton treize piastres!

Le client lui jeta un billet et des pièces dans le visage et claqua la porte très fort; puis il se plaça devant la voiture et donna un énorme coup de pied sur le capot, qui s'enfonça légèrement. Hors de lui, Hadrien redémarra en faisant semblant de foncer sur le client, qui, d'ailleurs, portait les cheveux très longs sur la nuque.

Hadrien rentra immédiatement après cet événement, il était dix-huit heures; Ariane, très fébrile, se jeta sur lui en lui demandant pour la dixième fois s'il allait assister aux funérailles.

— Ta mère a encore appelé. Elle dit que tu dois y aller. Allez. Encore un effort si tu veux être Français!

— C'est: «Français, encore un effort si vous voulez être républicains.»

— C'est ça que j'ai dit. Tu rentres donc bien tôt?

— J'avais juste oublié mon... ma... mon briquet.

— Il est là.

— OK. À plus tard.

Hadrien ressortit, même s'il aurait préféré passer la soirée à regarder le match des Canadiens. Il fonça vers le centre-ville. Un groupe de filles très excitées, rue Saint-Jean, bondit du trottoir et lui firent des signes avec les mains, en plein milieu de la chaussée.

— Salut! On va au Dagobert. Rentre, Annie! (éclats de rire).

— Vous êtes combien?

— Je sais pas! hurla l'une d'entre elles, complètement ivre (il était dix-neuf heures).

— Cinq je pense, dit la plus belle, avec ses lunettes carrées et ses cheveux droits à la Jane Birkin.

— C'est quatre personnes la limite, rétorqua Hadrien.

— Envoye, monsieur! Annie va se coucher sur nous autres en arrière! Envoyez, dites oui!

— OK, c'est bon. Mais vous êtes calmes, hein? Je peux perdre mon permis, moi.

— Promis! gueula la blonde, qui semblait être la chef de la bande. Viens, Annie!

Gloussements. Cris. Bousculades.

— Ayoye! Attention avec tes coudes, Annie.

Hauts moulants sous les parkas ouvertes. Piercings aux nombrils. Maquillage. Parfums *cheap*. *Strings* qui montent, derrière le jean. Bretelles de soutiens-gorge. Tatouages. Sur l'épaule. Sur le sein. Sur la cheville.

— Mettez la radio!

— La radio est brisée… Mais j'ai des disques.

— Y a quoi? Iggy Pop! Trop cool! Hein, les filles, c'est cool Iggy Pop! criait la chef, qui s'était assise côté passager.

— Chu ben trop gelée pour avoir une quelconque opinion, dit Jane Birkin.

— C'est qui, Iggy Pop? demanda une des trop nombreuses filles de la voiture.

— Monsieur, mets… heu… *I Wanna Be Your Dog!*

— C'est bon, touche pas, je m'en occupe.

— Hey, toi, t'es cool! C'est quoi ton nom? (La fille assise en avant enroule son bras autour du cou d'Hadrien.)

— Hadrien.

— Hadrien! C'est *cute*! Hein, les filles, c'est *cute*! Chante donc, Hadrien! «*And now I'm ready to close my mind! And now I'm ready to feel your hand!*» (La chef caressait les cheveux d'Hadrien tout en chantant.)

— *Fuck*! Annie a gerbé!

— Ouach! Ça pue! Ça pue trop! C'est trop dégueu! dit une des filles assise derrière, sorte de pouf de cent kilos arborant un maquillage impeccable.

— Pauvre toi, Caro! (Rire général.)

— Monsieur, ouvre la fenêtre!

— C'est fait.

— C'est tellement dégueu! Fallait que ça tombe sur moi! dit le pouf qui, à chaque virage, recevait un peu de vomi sur ses chaussures plateformes.

— Ça va, je vais nettoyer, dit Hadrien, c'est pas grave. Le 447, vous dites?

— Je vais gerber aussi, c'est trop dégueu, dit le pouf.

— On est arrivées, les filles! C'est combien, monsieur? gueule la chef.

— Pourquoi tu hurles comme ça?

— S'cuse.

— Il suffit de regarder le taximètre.

— Le quoi?

— Le *meter*.

— Je le paye, dit la chef.

— Bon ben bye monsieur! Émilie, laisse Annie dans sa gerbe, on va pas la faire rentrer au bar de même…

— Moi je pue le vomi! pleurnicha le pouf.

— Ben voyons donc, t'es folle ou quoi? On va pas la laisser ici, comme ça, sur le trottoir! Non, je la ramène chez elle, dit Jane B.

— OK, bye! dit la chef.

— *Ciao*, salope!

Claquement de portières.

— Ça ira? demanda Hadrien.

— Je pense. Annie, t'habites où?

— Mmm.

— Attendez… Je vais fouiller dans son sac.

Bruit d'une fermeture éclair qu'on ouvre.

— J'ai trouvé : 18, rue Sagard.

— OK.

— Désolée, pour le vomi.

— Non… dit Hadrien, gêné. Ça arrive.

Il roulait lentement, jetant de temps à autre des coups d'œil dans son rétroviseur. Rue Sagard, il aida Émilie à sortir la fille de la voiture. Puis, tandis qu'il soutenait Annie, Émilie chercha les clés dans le sac de son amie puis entra avec elle, bras dessus, bras dessous. Hadrien attendit quelques minutes dans sa voiture.

— Je l'ai couchée. Je pense que ça ira, lança-t-elle en rentrant dans le taxi.

Il alla la reconduire chez elle, rue Saint-Vallier Est. Il ne lui demanda pas d'argent parce qu'elle n'avait pas parlé du retour. Elle avait juste appuyé son grand front lisse contre la vitre. Une fois, une seule fois elle lui jeta un regard qui en disait plus long que mille mots d'une langue qui se donne toujours pour floue et inutile.

Hadrien pensait avoir beaucoup de choses en commun avec cette fille. Il se disait que la vie ne tenait qu'à quelques basculements, pour tout recommencer, tout changer, plusieurs vies en une seule, « Je suis cet arbre, ce nuage et ce caillou, je suis cet homme qui en deviendra un autre et encore un autre, j'ai voyagé, j'ai vu des filles se faire aimer, j'ai toujours porté plusieurs masques vous savez », pensa-t-il tout haut ; elle avait enlevé ses lunettes, elle les posait sur sa tête ovale, elle fermait les yeux, elle soupirait, elle n'avait pas de nom, c'était une étrangère, une anonyme, une inconnue, « voilà vous êtes arrivée, mademoiselle, bonne nuit, tenez, mon numéro, on ne sait jamais », mais elle avait déjà claqué la porte au moment où Hadrien lui tendait sa carte, ah !

Le jour de ses dix-neuf ans, Hadrien constata avec horreur qu'il était toujours vierge. C'était en 1989. Le mur de Berlin venait de tomber. On célébrait le bicentenaire de la Révolution.

Les filles qui étaient inscrites en première année au Département de géographie n'étaient pas particulièrement belles. Après le lycée Montaigne, où il avait pu côtoyer la fine fleur du pays sans jamais oser s'approcher de l'une d'entre elles, les filles de l'université lui semblaient encore moins accessibles. Il avait très envie de toutes les posséder et en même temps il éprouvait pour elles un dégoût profond.

Un soir qu'Art était en tournée à l'étranger, Hadrien dit à sa Mère qui lisait dans sa chambre qu'il allait réviser pour un examen chez son ami Lionel.

Il descendit quatre à quatre les escaliers de son immeuble bourgeois et s'engouffra dans le métro jusqu'à Strasbourg-Saint-Denis. De là il changea de ligne et prit la huit. Il traversa Paris du nord au sud en comptant les stations jusqu'à la Porte-Dorée.

Il longea les grilles du bois de Vincennes et, exactement comme son ami Lionel le lui avait dit, il compta les portes en passant à la gauche de la vigie. À la troisième porte, deux barreaux avaient été forcés, laissant un trou dans la grille. Il se glissa à l'intérieur.

Il avait peur comme la fois où son père l'avait surpris avec du rouge à lèvres et un soutien-gorge agrafé dans le dos. C'était à cela qu'il pensait en traversant, à tâtons, en pleine noirceur de novembre, le bois touffu de Vincennes, frottant son jean aux ronces, aux épines, aux feuilles trempées de pluie. Et en même temps il était très curieux, son cœur battait jusque dans son sexe et il aurait pu embrasser n'importe quel arbre sur son passage s'il n'avait aperçu ce qu'il cherchait : une roulotte blanche, stationnée là, tombée de nulle part, du ciel peut-être.

Qu'est-ce que l'on dit dans ces moments-là ? Il se sentait tellement ridicule mais la pensée des femmes, n'importe lesquelles, les grandes, les petites, les fines, les rondes, les brunes, les blondes, le ramena à la raison :

— Vous désirez ?

— Je… euh… Non, je passais par là.

— Bien sûr. Allez, montez.

« Montez. » Le mot du quotidien d'Hadrien. Le mot qu'il prononçait le plus souvent dans sa vie d'aujourd'hui, comme tout à l'heure pour cette étudiante du Vieux-Québec qui allait rejoindre des amis pour une fête, dans la Basse-Ville. Elle avait parlé dans son téléphone portable tout le long du trajet, répétant : « Ah ! ouais, c'est clair. Non mais, c'est clair. Ah ! ouais, c'est clair. » Immédiatement après, encore le mot « Montez » pour un homme triste d'une cinquantaine d'années, remercié de ses services d'administrateur dans une usine en banlieue après trente-cinq ans de carrière : « La Chine nous a tout pris ! » s'exclama-t-il. « La Chine se réveille… », soupira Hadrien.

— Allez, viens, n'aie pas peur, lui dit doucement la dame de la roulotte blanche.

Elle n'était pas comme Hadrien se l'était imaginée. Il n'aurait pas voulu qu'elle soit comme celles qu'il croisait rue des Martyrs, avec des bottes très longues, des perruques blondes et des seins ridés. Mais Lionel lui avait dit la vérité : les roulottes, c'est autre chose.

Au début il avait été embarrassé parce que celle qui disait s'appeler Nina rigolait toute seule de le voir si timide et si maladroit. Quand elle lui avait demandé ce qu'il voulait, il avait répondu : « Rien, merci » parce qu'il pensait qu'elle lui offrait quelque chose à boire comme on le fait dans les vraies maisons, avec les convives.

Nina, qui était Russe et qui devait avoir dix ans de plus que lui, assez belle, pas maquillée vraiment mais en minijupe, commença à lui donner de petits baisers dans le cou, sur la poitrine et sur le ventre et elle finit par lui dire « combien » et Hadrien sortit un billet de deux cents francs de sa poche et il fut si vivement excité qu'il comprit très rapidement ce que Nina entendait par « ce qu'il voulait ». Elle s'était assise au bord de son lit de fortune, puis, écartant les jambes, elle l'avait attiré vers lui ; pendant qu'il baissait les yeux vers elle, elle avait sorti son sexe de son jean et commencé à le frotter doucement dans ses mains, puis contre sa joue. Elle l'avala en entier et ce fut l'heure dans sa vie où il se sentit le plus vivant, le plus homme, le plus puissant, enfin ! les bras d'une femme ! Un regard ! Un sexe, un visage, des mains, des seins, un corps, une femme qu'il s'imaginait *aimer* ; il jouit immédiatement ; puis il sortit un billet de cinq cents francs et le mit bien en évidence sur la table de chevet ; elle s'étendit alors sur le petit lit. Cette peau, inoubliable, d'une femme qui n'avait fait que ça, caressée et polie jusqu'à l'usure… se disait Hadrien en glissant ses mains sous la minijupe, caressant longuement les fesses, le bas du dos, passant rapidement sur le sexe pour s'attarder aux cuisses, où deux petits bourrelets de chair avaient été formés par le haut des bas, rattachés à une guêpière de dentelle noire. Puis Nina l'avait ramené vers son visage, et sans l'embrasser, d'une main experte, avait déroulé un préservatif sur son sexe déjà regonflé avant de le glisser dans sa fente.

En sortant de la roulotte, il aurait voulu crier de joie, mais la seule chose à laquelle il pensa, ce fut : « Voilà, c'est fait. »

— Ariane? Ariane, tu es là?

Elle était au sous-sol, à fouiller dans les boîtes à la recherche de quelque chose. Il descendit. Il la vit avec sa fille accrochée à son dos dans le porte-bébé.

— Je l'ai! Je savais bien qu'on l'avait pas donné à Emmaüs, s'exclama Ariane en brandissant un malaxeur. Ça va? Déjà de retour? J'ai une bonne nouvelle.

— Quoi?

— Ta mère t'a envoyé des sous.

— Des sous? Pour quoi faire?

— C'est pour le billet d'avion! Tu disais qu'on n'avait pas assez d'argent pour y aller.

— Où ça?

— Aux funérailles! Coudonc, tu fais-tu exprès?

— Ariane, tu sais bien que ce n'est pas une question d'argent.

— Mais je le sais-tu, moi! Ta mère t'envoie de l'argent, ton père est mort, merde! T'as pus douze ans, vas-y donc! Elle m'appelle trois fois par jour, qu'est-ce que tu veux que je lui dise?

— Ça va, ça va. Je pense que c'est à moi de régler ça.

Elle était remontée comme une fusée au rez-de-chaussée. Il remarqua qu'elle avait laissé des albums de famille éventrés par terre. Des photos avaient été éparpillées sur le sol, comme un puzzle qu'on abandonne en cours de route.

Il resta un moment au sous-sol, observant les boîtes étiquetées « Ariane », « Hadrien », « Livres », « Cuisine », et aussi les vélos, rangés pour l'hiver. Entre les conserves de confitures et le coffre à outils, une araignée tissait sa toile, partant du centre et tournant tout autour, laissant derrière elle la trace d'un fil de soie. Il s'étendit sur les photos et les contempla une à une. Sa flasque se vida petit à petit, il s'endormit sur les photographies.

Le lendemain matin, un bol de café à la main, Hadrien fixait son taxi entièrement recouvert de neige. Il se demandait s'il prendrait cet avion qui décollait dans trois heures.

— Pourquoi tu as dormi dans le sous-sol ? Moi, j'en serais incapable. Avec les araignées…

— Je ne sais pas, je me suis endormi là.

— J'aimerais bien que tu m'emmènes à Paris une fois. Juste une, supplia Ariane en se serrant contre le dos d'Hadrien.

— Vraiment, Ariane, je ne préfère pas.

— Ta famille ne nous a jamais vues, Lili et moi. Ça fait quand même cinq ans qu'on est ensemble. Et puis, ce sera douloureux pour toi, tout ça.

— Ce sera surtout emmerdant. En plus, si le paternel est mort…

— Comment ça, « en plus » ?

— Je ne vois pas pourquoi tu prends sa défense. Tu l'as connu ? Tu sais ce qu'il nous a fait ?

— Tu pourrais en profiter pour appeler ton frère, quand tu seras à Londres. Il pourrait essayer de prendre le même vol que toi, pour Paris ? Ce serait fou, non ?

— Christian ne viendra jamais. Je n'ai même pas son numéro de téléphone. Il doit avoir oublié le nom de papa.

Hadrien embrassa Ariane sur la tête, dans ses cheveux doux ; puis elle entra dans la salle de bains. Il l'entendit se brosser les dents, puis tirer la chasse d'eau. Il était six heures. Il n'avait toujours pas pris de décision. Il prépara un thé pour Ariane.

Elle sortit de la salle de bains avec une serviette nouée autour du corps. Elle entra dans leur chambre. Il l'entendit prendre la valise verte au fond de la garde-robe. Hadrien entra dans la chambre. Il l'observa glisser un pantalon noir dans la valise, avec une veste, et une chemise neuve, bleue, qu'elle avait sans doute achetée pour l'occasion. Il alla chercher Lili qui dormait encore, puis revint dans leur chambre. Ariane plaçait tous les vêtements en ordre, avec minutie, n'oubliant rien, de la mousse à raser aux chaussettes, au déodorant, au polar américain qu'il avait commencé la veille.

— Tu sais, je peux la faire moi-même, ma valise.

Elle ne dit rien. Que pensait-elle à ce moment précis ? Rien. Rien. Elle faisait sa valise. Elle avait envie qu'il parte, peut-être. Elle n'avait pas vraiment l'intention d'aller à Paris avec lui. Là, exactement à ce moment-là, elle mentait.

Hadrien entra à son tour dans la salle de bains. En se regardant dans le miroir, il trouva qu'il avait vieilli. Il observa l'affiche de l'*Origine du Monde* qu'Ariane avait collée sur le mur, à droite du miroir. Une mouche minuscule marchait sur la toison de la dame, stoppant net sur le clitoris pour faire sa toilette, passant ses pattes par-dessus sa tête, puis redescendant entre le pli des fesses et s'arrêtant quelques minutes là, avant de s'envoler et de se poser près de la lumière au-dessus du miroir, au chaud, pour dormir tranquille. Hadrien prit la brosse à cheveux d'Ariane et arrêta son mouvement au moment où il allait écraser la petite bête, cette hypocrite, sa semblable. Tout, dans cet appartement, était-il donc en train de pourrir ? D'abord le sous-sol et ses araignées, puis maintenant la mouche dans l'humidité de la salle de bains, et enfin parfois quelques fourmis au printemps qui se faufilaient par les fenêtres qui donnaient à même le jardin, et derrière les

murs cela grouillait aussi peut-être de vers microsco-
piques et de moisissures, et les draps et les serviettes de
bain qui étaient envahies d'acariens à carapaces de
crabes, de pattes à pinces et d'yeux exorbités... Il pensa
aux mouches bleues, vertes et rayées noir et blanc qui
s'attaquent aux cadavres en commençant par se nourrir
du sel des narines, du coin des yeux et de la bouche avant
de pondre leurs œufs dans les matières grasses des chairs,
puis à leur pondaison dans la sécheresse poudreuse des
os ; à cette armée de vers, de mouches, de chenilles et de
papillons qui s'occupe du reste de la carcasse au bout de
six, sept mois après le décès, rongeant, sciant, émiettant
ce qui reste de tendons et de cartilages, se délectant de ce
festin jusqu'au moment où il n'y a plus qu'un petit tas de
poussière, de débris d'excréments et de mues.

— Ton ami est arrivé. Il t'attend dehors, il vient de me
faire un signe. Ça va ?

Hadrien était penché au-dessus de la cuvette, avec une
inéluctable envie de vomir.

— Tu ne trouves pas que tu en fais un peu trop ?
demanda Ariane.

— J'arrive. Dis-lui que j'arrive.

Il embrassa Ariane et Lili sans conviction. « Allez ! » Elle
le pressait.

Dans la voiture, Hadrien n'échangea pas trois mots
avec son collègue chauffeur de taxi qu'il trouvait pourtant
sympathique, d'ordinaire.

À l'aéroport, Hadrien sortit son passeport bordeaux de
sa poche devant la préposée obèse et moustachue qui le
reçut au comptoir d'enregistrement.

— Votre résidence principale ? Québec ?

— Oui.

— La dernière fois que vous êtes retourné en France ?

— Ça fait onze ans.

— Oui, mais vous y êtes retourné depuis.

— Jamais. C'est la première fois en onze ans.

Raclement de gorge de la préposée.

— C'est vous qui avez préparé votre valise ?

— Oui.

— Vous savez ce qu'elle contient ?

— Oui.

— Voici votre confirmation pour le vol. L'embarquement se fait à la porte A11 dans quinze minutes. Vous pouvez patienter là.

— Merci.

Hadrien s'assit parmi les autres voyageurs sur les chaises bleues, étirant ses jambes sur la chaise d'en face qui était deux centimètres trop loin. Il tenta de lire *Le Devoir* mais il était incapable de suivre les caractères noirs imprimés sur la feuille. En regardant autour de lui, il se demandait ce qu'allaient faire à Paris tous ces Québécois.

Après réflexion, il se dit qu'Ariane avait raison : il s'arrêterait chez son frère Christian à Londres avant de retrouver le domicile familial.

Pour se distraire, il compta les avions qui décollaient le long des pistes. Depuis quarante minutes, deux avions seulement étaient partis et un seul s'apprêtait à arriver. C'était un petit aéroport.

À part cette phrase que son père avait écrite dans son testament et son propre certificat de naissance, il ne se souvenait pas d'avoir conservé une photo, un document ou une quelconque pièce tangible qui puisse témoigner de l'existence de son père dans sa vie.

Le vol X287 en direction de Paris avec escale à Montréal et Londres est retardé d'une heure. Nous vous prions de nous excuser pour ce retard.

Ce retard faisait le bonheur d'Hadrien.

Déterminé à ne jamais terminer ses études de géographie, Hadrien avait, un très beau jour de juillet passé dans leur résidence secondaire de l'île de Ré, annoncé à ses parents et à sa petite sœur Marthe qu'il ne retournerait pas à l'université en septembre et qu'il s'apprêtait à faire un grand voyage.

Le scandale éclata : sa mère fondit en larmes, son père s'enferma dans une pièce semblable à celle qu'il avait à Paris. Marthe ne comprenait pas, elle demandait : «Un voyage ? Mais où ? » Sa mère pensait qu'il allait se suicider, mais Hadrien ne procurerait pas à son père ce plaisir. En fait, il avait choisi de quitter Paris pour de bon. Il rêvait de l'Amérique.

Ce furent ses plus belles et ses plus affreuses vacances. Son père ne lui adressait plus la parole, ce qui lui laissait une liberté nouvelle. Sa mère l'évitait comme un parasite. Seule Marthe continuait à l'accompagner, pendant les longs après-midi brûlants du sud-ouest sur les plages trop propres de l'île de Ré.

— Tu vas faire quoi en Amérique ?

— Mais qu'est-ce qu'on s'en fout, Marthe ! Je ne sais pas ! C'est grand, tellement grand, là-bas ! Tu vois, la France ? Là-bas, c'est tout le contraire. C'est *possible*.

— Mais... ta famille ? Nous ? (Elle pleurait.) Tu vas arrêter tes études ? Pourquoi tu n'attends pas une bourse ?

— On verra. D'abord, partir. Ensuite, vivre. C'est tout. C'est une question de survie. Je ne peux pas t'expliquer. J'étouffe, ici. Et là-bas, c'est plein de promesses ! J'ai vingt

ans, je ne connais rien de la vie. On ne voit rien en France.
On ne sait rien. On est à l'abri de tout. Tout est mort. Paris
est une ville finie.

— Arrête. Tu délires.

— Non. Je suis extralucide.

— Et tu vas aller où, comme ça, en Amérique ? C'est
grand.

— Au Canada.

— Il fait froid là-bas.

Oui, Marthe. Si tu savais comme il a fait froid, comme
il a fait froid longtemps, souvent, pendant ces hivers
interminables, avec la neige à perte de vue qui nous cache
la mer et les horizons qui n'en finissent pas de blanchir, un
désert, oui il a fait bien froid loin de vous, Marthe, mais
c'est cela, l'instinct, la vie qui bat et cette voix qui nous dit,
un jour, à l'oreille : va-t'en.

Art décida d'écourter leurs vacances, mais refusa que
son fils monte dans la voiture. Hadrien resta sur le bord de
la route. Il regarda la Peugeot 707 démarrer, avec sa famille
assise dedans, sans lui, vers Paris. Il fit de l'auto-stop
et arriva avant sa famille, qu'il avait doublée dans une
Mercedes qui roulait à tombeau ouvert.

Ne se résolvant pas à entrer dans l'appartement de son
père, il décida d'aller dormir quelques jours chez son voisin Lionel, imaginant à travers les murs sa mère qui pleurait dans sa chambre de femme presque veuve. Comment
pouvait-elle se permettre d'être aussi passive ?

*Les passagers du vol X287 sont priés de se rendre à la porte
A11 pour embarquement immédiat.*

Hadrien changea de place trois fois dans l'avion pour
être près du hublot. Il adorait voir la mer se mêler au soleil.

Arrivé au Québec à vingt ans, Hadrien ne savait pas quoi faire. Il n'avait qu'un diplôme de géographie, pas tellement envie de continuer les études. Il s'était dit qu'il pourrait être chauffeur de taxi en attendant de se décider, qu'il avait la vie entière devant lui.

En deux semaines, il connaissait par cœur toutes les rues de Québec et de sa banlieue, l'île d'Orléans, qu'il adorait, puis la rivière Jacques-Cartier, la Côte-de-Beaupré… Un mois plus tard, il découvrit Charlevoix qu'il trouva magnifique, avec ses vallées, ses monts, ses rondeurs montagneuses de femmes endormies.

Au bout d'un an, il se demanda ce qu'il faisait là. Était-ce bien cela, la liberté dont il rêvait ? Un taxi ? Des clients ? Un hiver, affreusement long, avec quelques bars pour se réchauffer ?

Deux ans passèrent. Hadrien était toujours très libre. Il était aussi très seul. Puis trois ans. Quatre ans. Cinq ans en taxi dans la ville de Québec. Lui, Hadrien. Le fils de la rue du Mont-Cenis, avec ce nom de famille qu'il portait comme un étendard en France. Un nom qui ne représentait rien du tout ici.

Au moins, le temps ralenti des ciels arctiques, d'un bleu absolu, lui permettait de mettre son passé en perspective. Et ce sentiment d'être loin de sa famille, de cet œil scrutateur qui viendrait juger, ruiner tout cela, offrait à Hadrien une idée satisfaisante de la liberté.

Mais au bout de six ans assis dans la Thunderbird, Hadrien se mit à avoir des courbatures dans le bas du dos tellement lancinantes qu'elles le réveillaient la nuit.

Il avait consulté les petites annonces du *Journal de Québec*. Il voulait trouver un bon kiné, mais finalement il avait opté pour le premier salon de massage qu'il avait vu en haut de la liste, le Salon Viva. Il était entré dans une cabine téléphonique, avait inséré vingt-cinq cents et pris rendez-vous le jour même. Ce n'était pas très loin de chez lui, un édifice gris et blanc qu'il avait vu des centaines de fois déjà sans vraiment le regarder, en face d'un restaurant de patates frites.

En entrant dans le Salon Viva, il avait vu cette fille, petite, brune, des dents de bébé, dix-sept ans à la limite. Il avait dit à la tenancière : « Je pense que ça va aller » parce qu'il ne voulait pas choisir la fille, même s'il payait et qu'il était là pour ça, qu'il aurait pu en prendre une plus belle, avec des plus gros seins, il avait pris la première, par politesse, non pas par souci de dignité.

— Comment tu t'appelles ?

— Ariane.

— Ariane ? C'est ton vrai nom ?

— Oui, c'est mon vrai nom.

Il s'étendit sur la table de massage, intimidé.

— Heu… Vous devez vous déshabiller, dit Ariane en retenant un sourire.

— Oh ! pardon !

Ils se regardèrent. Ariane comprit qu'elle devait sortir. Elle revint cinq minutes après.

— Juste le dos, en bas du dos.

— Ici ?

— Oui, là.

— Comme ça ?

Il avait payé pour une demi-heure mais rallongea la séance d'une autre demi-heure, tellement les doigts, les mains, les bras, le corps, la présence d'Ariane le plongeaient dans un état d'extrême béatitude. Elle le touchait avec douceur et fermeté, ses petites mains drôlement expérimentées s'agitant sur son dos meurtri.

Elle ne l'avait pas cru quand il lui avait dit qu'il était chauffeur de taxi. « Je pensais que vous étiez comédien. Ou prof ? Je ne sais pas. » Elle tournait autour de lui comme un oiseau curieux, étendant de l'huile sur toute la surface de son dos, malaxant vigoureusement ses muscles, pianotant ses vertèbres.

Même s'il n'avait plus mal depuis longtemps, Hadrien continua à fréquenter assidûment le Salon Viva deux fois par semaine pendant des mois. Elle le touchait, il la payait, il partait, elle restait, il revenait, elle était là, ils n'avaient comme langage que celui de la peau et de l'argent, il ne la connaissait pas. Elle l'avait déjà vu des dizaines de fois nu, il se contentait de regarder ses pieds dans ses chaussures, ses jambes sous la table de massage. Ariane avait longtemps été des ourlets de pantalon ou le pli d'une jupe, des genoux cachés sous un jean. Hadrien connaissait mieux la courbe de son mollet que celle de sa nuque, il aurait reconnu dans une foule cette ligne si singulière de sa cheville, en point d'interrogation. Le vendredi, son jean, son corsage jaune. Le mardi, sa jupe blanche, son haut noir avec une boucle verte. Le vendredi, sa robe rouge, ses bottes. Le mardi, son pantalon gris, son chemisier de soie rose.

Seule la misère, beaucoup plus insupportable que le froid, la routine et l'ennui, arrivait à se faufiler partout entre eux et dans cette ville comme un insecte, creusant ses galeries dans le langage, les corps, l'architecture, la nourriture de cette terre *qui avait été française*, misère qui obligeait cette fille à travailler dans un salon de massage pourri, là où il l'avait trouvée, Ariane, l'abandonnée, comme son nom l'indique, au cœur des forêts.

Avec les jours, avec les mois, Hadrien s'était mis à s'inquiéter. Tous ces corps d'hommes qu'elle caressait dans une journée et qui n'étaient pas le sien, toutes ces minutes qu'elle passait dans ces cabines à tremper ses mains de Cendrillon dans une huile de mauvaise qualité, ces kilomètres de peaux. Alors il avait décidé de sortir Ariane de là. Ce que personne n'avait fait pour lui, il le ferait pour Ariane. Cette petite vendeuse d'allumettes trop sage, candide et sérieuse qui ne connaissait que la vie des romans, ignorant tout de la ville et du monde, de la fête et de la nuit. Il lui avait montré Québec alors qu'elle était de Sainte-Foy, il l'aimait dans son un et demie rue Alfred, il allait la reconduire au cégep après les premières nuits de l'amour où, sans sommeil, on puise à même l'énergie du soleil.

Ce qu'Hadrien découvrait à ses côtés, c'est qu'Ariane avait la douceur des Indiennes et la sauvagerie des Françaises, quelque chose dans le sang qui remontait à beaucoup plus loin que son propre présent. Elle portait un passé qu'elle ne voulait pas admettre, elle disait que ses ancêtres étaient Bretons, après tout elle s'en foutait et puis basta, qu'est-ce qu'il avait, lui, avec toutes ses questions ? Qu'ici la profession du père on n'en avait rien à branler, c'était l'Amérique du *self-made-man* et d'ailleurs il pouvait bien aller se rhabiller avec ses idées réactionnaires de tribus primitives. C'était ça, Ariane. Une vraie Québécoise combative, de la graine de suffragette, volontaire mais sensuelle. Un soir il l'avait vue jouer sur scène dans une troupe amateur du cégep en Chimène du XIe siècle (évidemment que ça l'agaçait, qu'elle soit comédienne). Mais Hadrien avait compris pourquoi il l'avait aimée, Ariane, à ce moment-là, ne pouvant la quitter ni vraiment la posséder puisqu'elle était sur scène devant une petite centaine de spectateurs qui se délectaient, eux aussi, de son *duende*.

Aujourd'hui, l'embrasser et la prendre, n'importe où, à la cuisine, sous la douche, au lit le soir ou l'après-midi, et renouer avec ce mystère des corps qui fut pour beaucoup à l'origine du monde. Est-ce que c'est cela un couple, l'amour, cet infini mis à la portée des caniches, comme disait l'autre ? On vit avec quelqu'un, la Famille nous le demande, la vie réglée des comptes l'exige, cela permet de grouper les solitudes par paires, on compte plus vite, on se case dans des appartements chauffés. On oublie vite le temps de l'amour fou qui se vit dans le mensonge des autres, Ariane a raison de mentir sans cesse. Personne ne doit savoir. Les autres sont les ennemis de l'amour fou, il faut leur mentir, l'érotisme est rare et la sexualité, omni-présente, mais qu'est-ce qui arrive quand on aime sa femme ? se demandait Hadrien, c'est très étrange, ça, *aimer sa femme*, quand on dit un truc pareil c'est tout un pan de la bibliothèque qui brûle, c'est assez tragique en somme, on est désemparé devant une telle affaire. Parfois il regrettait d'avoir gardé Lili, c'est terrible de dire cela, l'enfant est là et il demande toujours et il faut penser à cet enfant, répondre à *ses* besoins *à lui* avant les siens et Ariane avait compris cela très vite, mais elle était si bonne comédienne.

Arrivé à Londres, Hadrien prit le « Tube » jusqu'à Regent's Park, valise à la main. Il marcha longuement dans ce parc immense, demandant sa direction à quelques joggeurs qui passaient par là. Il finit par trouver le Open Air Theatre au cœur d'une rotonde, caché derrière des bosquets. Un technicien d'une trentaine d'années, affairé sur son échelle à clouer une planche de décor, vit Hadrien entrer :

— *Hello. Sorry, it's closed.*

— *Oh ! hi !*

— *May I help you ? What are you looking for ?*

— *Do you know Christian ? He's French… A… A* metteur en scène ?

— *Of course, Christian…*

— *What ?*

— *You are a friend ?*

— *He's my brother.*

Le technicien descendit de l'échelle, s'essuyant le front du revers de son t-shirt, dévoilant son nombril caché quelque part dans un amas de graisse. Rouge, en sueur, essoufflé, il s'alluma une cigarette :

— *I don't think I'm the good person to tell you that, but…*

— *Yes ?* s'impatienta Hadrien.

— *I'm sorry but your brother had a car accident a month ago. Not really bad but he broke his left leg. So he can't work for a while. But… Hey, I remember… Christian called yesterday to tell that his father was dead !*

— *This is why I'm here. To pick him up and take him back to Paris.*

— *He already left for Paris.*
— *Oh! Well, thank you for everything.*
— *It's nothing. I'm... very sorry for your father.*
— *Don't be.*

Après sept heures de vol et deux heures perdues à Londres, Hadrien se retrouvait de nouveau à Heathrow. Il essaya de dormir dans le métro mais c'était impossible. L'enfance le guettait. Il souhaita que le « Tube » explose quelque part sous la pression des murs, de la profondeur du sol, d'un terroriste pour une fois bienvenu.

Arrivé à Charles-de-Gaulle, Hadrien se figea, horrifié. Il avait cédé! Les griffes du Père le ramenaient au point zéro alors qu'il s'était juré à lui-même et devant Dieu qu'il ne retournerait jamais à Paris, dans ce quartier maudit, entre le Sacré-Cœur et les femmes de Barbès, les effeuilleuses de Pigalle et le Bateau-Lavoir, dans cette ville qu'il avait rayée du globe et de sa vie.

À part cela, les choses avaient beaucoup changé à Paris. Et en même temps non. C'était cela le plus troublant. À Paris, les commerces ferment et ouvrent, mais les appartements, les fontaines, les parcs, et même les gens, restent identiques, comme moulés dans le temps, dans la bave du Vésuve de Paris, dans une carte postale pour touristes en mal d'authenticité.

Il traînait sa valise sur roulettes derrière lui comme une croix. Chaque rue qu'il traversait, chaque maison, chaque commerce qu'il reconnaissait le transperçait d'effroi et de douleur. Arrivé au quartier Stalingrad, Hadrien était épuisé. Il s'assit quelques minutes sur le bord du canal de l'Ourcq, à observer les gens qui buvaient des bières dans les cafés tout autour. Il devait bien se l'avouer: oui, c'était beau, c'était bon de retrouver cette partie de lui-même qu'il avait enfouie au plus profond de son être.

Rue Myrha, il vit le Sacré-Cœur, blanc, dressé comme un champignon qui regardait Paris. Boulevard Barbès, il s'imprégna des odeurs d'urine et de monoxyde de carbone, accrocha sa valise dans les étals des magasins de cochonneries en plastique qui affichaient encore « Tout à dix francs » même si on était passé à l'euro depuis cinq ans.

Il reconnaissait tout. La boulangerie, en bas, avec l'affiche des Esquimaux Gervais qu'on n'avait pas décrochée depuis 1963. Le kiosque à journaux à Jules-Joffrin et le retour inattendu de *Pif Gadget*. L'école communale où les enfants juifs avaient été déportés (il connaissait la plaque par cœur). Et, enfin, la rue du Mont-Cenis. Une pente abrupte. Hadrien n'avait pas dormi depuis trente-six heures ; sentant sa tête devenir bouillante, puis de plus en plus froide, il dut s'asseoir sur le bord du trottoir, la tête dans les mains, pour ne pas s'évanouir ; mais il s'effondra quand même au coin des rues Mont-Cenis et Caulaincourt en plein mois de mars frisquet, impersonnel et vide. Une vieille dame le secoua.

— Monsieur ! Monsieur ! Au secours !

— Non, non, ça va, dit Hadrien avec peine.

— Vous êtes en plein milieu de la rue, jeune homme.

Il se leva péniblement, marcha un peu en compagnie de la vieille qui le scrutait.

Arrivé devant l'immeuble de son enfance, Hadrien ne se souvenait plus du code pour entrer. Regardant la dame s'éloigner, puis disparaître en tournant rue du Baigneur, il attendit devant la grande porte que quelqu'un sorte de l'immeuble pour y rentrer.

— Pardon.

— Mais ce n'est rien.

— Hadrien !

— Marthe !

— C'est toi !

— Non, c'est moi !

Ils criaient comme des enfants fous. Marthe était encore plus belle. Sa tenue, noire, ses cheveux, longs, elle était devenue si féminine qu'Hadrien ne la reconnaissait pas.

— Comme tu as changé !

— Quel plaisir de te revoir ! Je pense que c'est maman qui t'a appelé ? Ah ! Quelle surprise ! Je ne pensais pas que tu viendrais. Mais tu dois être fatigué, attends, je monte ta valise. Tu es tout pâle... Ça va ? Et Ariane ? Tu es sûr que ça va, Hadrien ? Raconte ! Comment va ta fille ?

Hadrien regardait l'escalier, le vide du cœur de l'escalier, et le ruban de la rampe qui s'enroulait sur lui-même comme la spirale d'ADN vue à la télé et agrandie un milliard de fois ; Hadrien grimpait une à une les marches qui s'enfonçaient sous ses pieds, ces marches gluantes qui rendaient son ascension plus écœurante encore.

Marthe parlait sans cesse, riait. Son métier de danseuse, à Lyon. Ses élèves, à Paris, deux fois par semaine. Son mari, architecte. Trois étages. Deux étages. Un étage. Là. Ici. Porte. Sonnette. Sa mère en noir qui pleure quand elle le voit, il ne veut pas se sentir comme l'enfant prodigue quand elle le serre dans ses bras pour la première fois depuis onze ans, « c'est incroyable de penser que je viens de cette femme, de son ventre, de sa matrice, de son vagin, un corps est passé par le sien, cinq corps sont passés par le sien et maintenant le Père qui meurt », se disait Hadrien tandis que sa mère cachait son visage dans un grand mouchoir de veuve.

— Tadadam ! Hadrien ! dit Marthe spontanément, pour détendre l'atmosphère.

Frères et sœurs en pleurs. « Pleurent-ils parce que je suis revenu ou parce que le Père est mort ? Jeanne a eu des jumeaux, Louise sourit, Christian est sorti faire des courses. Le salon des invités, la cuisinière... Maman a changé la couleur de sa chambre, de maïs elle est passée au canari ; la porte du bureau du Père est toujours fermée, la tapisserie a jauni aussi, tiens ! la Mère fume, Marthe a les yeux qui brillent à nouveau, une odeur de tarte aux prunes flotte dans la maison, ils ont tous à nouveau quatre, six, sept et neuf ans, quand cesserons-nous d'être ses enfants ? »

Il retrouve sa chambre, sa chambre d'enfant mort transformée en bureau, avec un lit simple collé contre le mur du fond. Il ne reste rien, il est un invité, il n'a pas grandi ici, il a deux vies en une seule, non, il dit qu'il a plus que deux vies.

Le placard de Jeanne, debout, fidèle et fier, toujours au même endroit dans sa chambre, avait été vidé. On avait décroché du vasistas l'écriteau fasciste du Père pour l'enterrer avec lui.

La lumière du hall d'entrée se faufilait entre les lattes des volets, par terre des friselis de lumière dansaient entre les fleurs de la moquette comme des langues de feu. Des petits pas de bottes frottées accompagnaient cette danse maléfique, c'étaient les pas des voisins qui sortaient et qui entraient dans l'immeuble de l'enfance.

Au travers de la cloison mince, il entendait sa mère parler à Marthe de choses et d'autres, très calme, comme apaisée et Hadrien ne pouvait pas chasser de son esprit les mouches qui virevoltaient déjà dans le corps de son père, trop heureuses de ce banquet de roi auxquelles elles allaient se livrer.

Il fallait dormir. Il s'effondra sur son petit lit. Il fit ce rêve étrange où des squelettes jouaient avec lui au poker.

— Le petit-déjeuner est prêt.

— Quoi ?

— Hadrien, réveille-toi ! Le petit-déjeuner est prêt. Tu as dormi treize heures ! dit Marthe en passant sa tête dans l'entrebâillement de la porte.

— Juste cinq minutes…

Hadrien chercha la peau d'Ariane dans les draps, se tourna à trois reprises mais il ne trouva que le mur froid.

— Ça fait cinq minutes !

Marthe grimpa sur son lit en sautillant pour rigoler comme avant quand il avait six ans et elle, trois et qu'elle adorait qu'on lui fasse peur ; alors elle se mettait à crier en courant se réfugier dans sa chambre et alors le Père arrivait et il disputait Hadrien tellement fort que c'était toujours lui qui finissait par avoir peur.

Mais aujourd'hui le Père n'est plus là pour leur empoisonner la vie, ils iront tous courageux vérifier son dernier sommeil ; et alors ils seront libérés, Marthe, maman, Jeanne aussi avec ses enfants et Christian, tiens ! il est là, ah ! Christian ! En béquilles le pauvre, moqueries câlines de la fratrie, Louise finira bien par arriver, ils seront là tous les six à enterrer ce grand secret qui les a liés et qui les a séparés, ils fermeront le cercueil de la honte et du rejet avec leurs peines et leurs colères, leurs souvenirs et leurs mémoires, on ne le verra plus ! « L'art doit être beau ! L'artiste doit être beau ! » *Fuck you !* Ils danseront la ronde des morts avec les fantômes sortis de terre comme au jour d'Halloween quand les vivants et les cadavres s'affrontent pour se dire des vérités qui leur seraient insupportables à entendre le reste de l'année.

Dans l'avion du retour, il se sentait bien. Deux Hadrien qui s'étaient séparés quelque part dans le temps et l'espace se retrouvaient, les yeux fermés, les bras devant, comme des somnambules qui se seraient cherchés. À l'église où meurent tous les saints et la jet-set parisienne, sa mère avait pleuré. Les enfants, non.

L'Atlantique avec son cuir bleu s'étendait à l'infini sous l'aéroplane ; des blocs de glace flottaient entre là-bas et ici, en plus l'hôtesse était charmante. Puis arrivèrent les terres du Labrador, et l'annonce par le commandant d'une grosse tempête à Montréal. Alors les premières larmes vinrent toutes seules, avec l'idée de la tempête, les nuages, les premières larmes vraies depuis des mois, c'est quand même très vif la souffrance, et les blocs erratiques dessous, qui flottaient un peu aveuglément, se retrouveront-ils, au pôle Nord, au pôle Sud, se groupant, s'éloignant, s'érodant, réduits de leur moitié ? se demanda Hadrien avant d'arriver au sol dans une immensité blanche absolument bouleversante, juste de la neige mais c'était très très beau, et toujours cette envie de pleurer comme la fois où, enfant, il avait vu pour la première fois, au Sacré-Cœur, un Christ en croix.

Quelques mois plus tard avant de repartir pour Paris, Hadrien avait fait monter le dernier client de la journée, un régulier qu'il prenait chaque lundi devant le local de répétition du Trident et qui lui demanda s'il avait un peu de temps libre à lui consacrer.

— Pourquoi ?

— Écoutez, vous trouverez ça bizarre… Mais je suis metteur en scène et je cherche quelqu'un comme vous, je veux dire avec votre genre de visage, pour un rôle dans une pièce que je monte en ce moment. Ce sera probablement adapté au cinéma par la suite.

Hadrien éclata d'un grand rire.

— Je suis sérieux… C'est avec le Trident, insista le monsieur qui était visiblement très sérieux.

— Mmm.

— Accepteriez-vous de venir… pour un essai ?

— Moi non. Par contre ma femme est comédienne.

— Vous savez, il en pleut, des comédiennes. Non, moi, j'ai besoin d'un homme pour jouer un petit rôle. Grand, mince et… pâle, avec quelque chose de… fragile. Un peu comme vous.

— C'est flatteur.

— Tenez, je vous donne ma carte.

— Oh ! Regardez, vous êtes rendu chez vous.

— Vous m'appelez quand vous voulez. Ici (il désigne sa carte), c'est mon numéro de cellulaire.

— Je vais me débrouiller.

— Oui, bon. Heu… c'est combien ?

— Douze dollars. Comme d'habitude.

Le lundi suivant, tout sourire en bas du local, le monsieur revint avec sa proposition. Hadrien tâta sa poche pour s'assurer que sa flasque était toujours là.

— Alors ?

— Vous êtes bien gentil, mais c'est non.

— Vous en êtes sûr ?

— Absolument certain.

— Mais… Comment ça ? s'énerva-t-il, exaspéré. (Il regarda autour de lui.) Qu'avez-vous à perdre ? Vous préférez votre taxi ?

Hadrien pensa tout à coup à son père en don Diègue, sur les planches de la Comédie-Française, avec cette voix de violoncelle qu'il avait.

— Oui, je préfère mon taxi.

Le metteur en scène sortit de la voiture, remontant le col de son manteau sur ses joues mangées par la barbe. Hadrien s'alluma une cigarette.

— Vous voulez que je vous dise quelque chose ? siffla Hadrien au metteur en scène en baissant la vitre de son taxi.

— Dépêchez-vous, j'ai froid.

— « Je reconnais mon sang à ce noble courroux ; ma jeunesse revit en cette ardeur si prompte. Viens, mon fils, viens, mon sang, viens réparer ma honte ; viens me venger. »

— Ha ! Ha ! Vous me récitez *Le Cid* ?

Sourire moqueur d'Hadrien.

— Continuez… dit le metteur en scène, intrigué.

— « Plus l'offenseur est cher, et plus grande est l'offense. Enfin tu sais l'affront, et tu tiens la vengeance : je ne te dis plus rien. Venge-moi, venge-toi ; montre-toi digne fils d'un père tel que moi. Accablé des malheurs où le destin me range, je vais les déplorer. Va, cours, vole, et nous venge. »

— Mais c'est formidable ! C'est formidable ! trouva-t-il à dire. Et alors, don Rodrigue, vous choisirez quoi ?

— Le choix est fait depuis longtemps, répondit Hadrien en désignant le volant de son taxi.

Le metteur en scène s'approcha très près de son visage.

— Comment se fait-il que vous soyez... devenu... heu... chauffeur ?

— « Faut-il laisser un affront impuni ? » continua Hadrien.

— Non ! Alors vengez votre destin et venez au Trident !

Le metteur en scène grelottait, triomphant. Après un long silence, Hadrien dit seulement :

— Moi, c'est Chimène que je choisis.

Il remonta la vitre de sa voiture et démarra.

Ariane

Les albums de famille étaient tous empilés dans une boîte du sous-sol, transportés avec les vêtements et les livres, déménagés minutieusement de la rue Alfred à la rue Notre-Dame-des-Anges, assurant, peut-être, une présence minimale de sa famille dispersée.

Ariane ne connaît pas ses grands-parents, ses oncles, ses tantes, ses cousins, ses cousines. Sa famille est un nom, un concept, une idée, des souvenirs peut-être, c'est tout ce qu'elle peut en dire. Tout au plus elle en porte vaguement les gènes, ce sont les étrangers du sang.

Mais aujourd'hui elle se plongera dans ce qu'elle a caché depuis longtemps à la face du monde, aux autres qui lui étaient proches et qu'elle a aimés mais qu'elle a repoussés comme le ferait un parapluie qui s'ouvre. Elle était là et en même temps absente parce que timide ou effrayée ; les gens qui se sont approchés d'elle se sont toujours vus rejetés avant qu'elle ne le soit par eux.

La nuit, elle redevient ce corps vide qui se remplit de l'essence de quelqu'un d'autre. À la tombée du rideau elle se réveille et retrouve la seule personne au monde qu'elle a laissée s'introduire au plus près de sa vie, ce qui a pris un peu plus de trois ans avant d'en arriver là avec Hadrien.

Elle pensait que devenir comédienne était la seule manière d'être au monde en étant à la fois présente et absente, et juste assez éloignée pour lui permettre de se cacher, exactement comme quand, à l'âge de six ans, son jeu préféré dans la cour de récré consistait à se réfugier sous les tables de pique-nique recouvertes de neige et à attendre que les minutes passent, et à constater avec un plaisir mêlé d'inquiétude que personne ne se rendait compte de son absence.

Ou encore, quand, adolescente, elle ne réussissait pas, année après année, à se faire des copines, et qu'elle sortait du collège le midi pour manger seule afin de ne pas exposer cette solitude honteuse qu'elle aimait, au fond.

Elle a longtemps souffert d'un mal au ventre qui lui rappelait les premières fois de sa vie où des garçons s'étaient intéressés à elle et qu'elle en avait eu peur ; est-ce que l'apprentissage du désir commence par la peur ? se demandait Ariane en regardant tomber, par la fenêtre de la cuisine, les énormes flocons qui lavaient le ciel.

L'album de photos renfermait les spectres d'une vérité qu'on ne peut garder éternellement secrète, et dont on refuse pourtant de se séparer.

Hadrien était parti tôt le matin et ne reviendrait qu'au cours de l'après-midi pour une pause d'une heure ou deux avant de reprendre le Travail jusqu'à trois heures du matin environ.

Aller au sous-sol correspondait toujours à un certain moment d'angoisse. Enfant, elle rêvait que dans le sous-sol de ses parents, qui était froid et immense, l'extraterrestre E.T. l'attendait pour la dévorer avec son grand cou de chair plissée et sa voix de daim écrasé (l'image d'E.T. malade et blanc à l'hôpital lui était insupportable). Chaque nuit avant de s'endormir, elle priait le « bon dieu » pour qu'il la protège des cauchemars d'E.T. et de son doigt atroce et lumineux ; elle était la seule enfant de son entourage à avoir peur à ce point de ce film, et la musique venait la harceler jusque dans des délires de fièvre. Une nuit qu'elle avait dû dormir chez une cousine parce que ses parents étaient en vacances à l'étranger, elle découvrit, en tirant la couette du lit des invités, des draps imprimés avec des motifs de E.T. par centaines. C'était comme si on lui avait demandé de dormir dans un nid de vipères. Elle s'était contorsionnée entre les motifs afin qu'aucune partie de son corps ne touche à un E.T.; de même pour la taie, elle avait trouvé un espace où ses yeux ne croiseraient pas le regard de l'extraterrestre pendant la nuit. Elle n'avait pas bougé d'un millimètre jusqu'au matin.

C'est aussi dans le sous-sol de ses parents qu'elle avait fait ses premières pièces de théâtre, qu'elle se déguisait avec les jupes, les foulards et les sacs *seventies* de sa mère, qu'elle avait joué à l'école et au docteur avec toutes ses copines, et que, dans cette frénésie absolue des corps, elle avait découvert le monde méchant et doux des filles.

Ariane ouvrit la porte du sous-sol puis chercha le commutateur qui était à quelques marches de l'entrée seulement. Cinq ou six marches dans le noir absolu, tâter fébrilement le mur et ses crevasses… Elle trouva enfin, alluma. Elle installa Lili sur son dos avec le porte-bébé, descendit et, stoppant net devant les boîtes restées là depuis le déménagement, dans un coin poussiéreux, elle entreprit de les ouvrir toutes.

Dans la première, celle du dessus, il y avait des assiettes, des verres trop moches, une lampe, des bouquins sans valeur. Dans une seconde, des vêtements d'été, des lettres d'Hadrien, celles du « début » qui la faisaient encore rire : « Ô truffe adorée, *Così fan toutou*, cuisse fanatisante de mon joujou, je t'épelle avant d'entrer dans la nuit des souffles avec tes Oh! tes Ah! tes bas et tes lolos. Amie aimée, je me fais fourmi tacite, celle qui creuse tes annales aux anneaux de fiançailles. Soleil au crachin, donne-moi du sous-la-main de suite. Et toi Sorcière bien-aimée bien roulée, *hula-hoop* jusqu'à moi. Fais-moi l'obole d'une aubade cette nuit encore et la suivante jusqu'au solstice et alors je te prouverai l'ardeur et la dureté de ma *virtù*! »

Dans la troisième boîte, il y avait beaucoup d'albums de photos, surtout d'elle, bébé, photographiée sous tous les angles par ses parents, au réveil, au coucher, en train de jouer, de manger, de rire, de pleurer, de prendre un bain, comme ces milliers de photos de milliers de bébés prises par des milliers de parents dans le monde. Il y en avait où l'on voyait sa mère la tenant dans ses bras, elle a deux ans, sa mère a un grand sourire tandis qu'Ariane fixe l'objectif d'un air indifférent. Et d'autres photos, de son père avec sa mère, se forçant tous les deux à sourire, «Regarde, c'est toi». Les parents d'Ariane habitaient toujours à Sainte-Foy, à quinze minutes de voiture de l'appartement d'Hadrien et d'Ariane.

Elle ferma les albums, se sentant coupable de quelque chose sans pouvoir mettre son doigt de E.T. dessus. Elle remonta au rez-de-chaussée, laissant tous les albums par terre, éventrés comme des carcasses. Dans sa chambre, elle installa Lili sur son lit et le bébé se mit à pleurer très fort de ne plus sentir le contact chaud du dos de sa maman contre son petit ventre. Ariane regarda sa fille, minuscule point blanc sur le lit bleu. Existe-t-il d'autre issue que la fuite, sinon l'ennui et l'hypocrisie, charmants compromis entre les mères et les filles dont les relations puent toujours la vengeance, la jalousie et l'argent? Le XXᵉ siècle s'était construit sur l'idée des ruptures, entraînant dans son sillage toute une psychologie de construction, de déconstruction, d'enchantement, de désenchantement et de réenchantement, s'engluant dans un éternel retour de prétention et de médiocrité... Ariane aurait aimé raconter une autre Histoire à sa fille, une Histoire que l'on aurait oubliée et qui commencerait ainsi: «Il était une fois des Anciens qui écoutèrent très longtemps, lors de banquets somptueux donnés chez des rois, des aèdes chanter la même épopée. Ces convives, qui étaient aussi de fabuleux voyageurs, aimaient à entendre éternellement le retour d'Ulysse à

Ithaque. Ce conte était si merveilleux qu'ils le répétèrent pendant des siècles et cela constituait, avec la viande, le vin dans l'eau et le pain, des plaisirs exquis, répétés à l'infini. »

Elle appela la voisine pour qu'elle garde Lili jusqu'à son retour. Éléonore adorait les enfants. C'était une jeune fille rousse et pleine de vie, qui connaissait tous les trucs pour amuser les bébés, avec les « gagas », les « gougous » et autres niaiseries, qui aimait voir Lili dormir ou lui donner son bain, tous ces gestes qui viennent naturellement chez la plupart des filles et qui exaspéraient profondément Ariane.

Elle marcha jusqu'à cette taverne de Saint-Sauveur qui a une porte sur Saint-Vallier et l'autre sur Saint-Joseph, cet endroit qu'Hadrien aimait parce que c'était un peu le Maurice des camionneurs et des chauffeurs de taxis, des étudiantes et des intellos de passage. Dans cette odeur de grosse bière, ce clinquant des bouteilles entassées derrière le bar, flottait, il est vrai, un peu du mot nostalgie… Ariane paya sa bière au serveur qui, avec son t-shirt jaune, se tenait derrière son bar comme le roi de la rue.

Elle sortit traverser le froid coupant de la ville, poursuivit sa route jusqu'au parc des Champs-de-Bataille, s'arrêta quelques moments sur les parapets de la Citadelle, hypnotisée par la beauté du fleuve. Mars, demain. Déjà. Le temps s'écoulait à la vitesse du fleuve.

Pendant longtemps elle avait cru que les choses n'étaient pas tracées à l'avance par une conspiration, un pacte secret, une loyauté silencieuse qui rêvait à sa place ; elle avait cru que l'on pouvait être maître de son destin, que les choses n'étaient pas écrites, là-haut, sur une belle ligne du grand rouleau.

Une famille de Japonais se faisait photographier à côté des canons qui étaient pointés vers l'Europe.

Ariane pensait que si elle s'était jetée dans les bras d'Hadrien avec un tel abandon, c'était parce que, exactement comme elle, il avait fui sa famille pour s'empresser d'en fonder une autre qu'il aimerait.

Encore adolescente, Ariane s'était retrouvée dans un appartement minuscule de la rue Alfred, où l'eau chaude tardait à monter dans les tuyaux. Entre cet appartement et le cégep, la librairie, le café et l'épicerie de la rue Saint-Jean, elle s'était vue propulsée en spirale dans ce monde clos et sécurisant de solitude fœtale, à peu près toujours seule, détestant le monde et la poésie, méprisant la peinture, dégradant sa personne, punissant son caractère et enterrant ses talents, marchant toujours sur une crête entre la vie et la mort, rattrapée *in extremis* par la musique, le plain-chant.

Entre-temps, il avait fallu payer, gagner sa vie, perdre son temps au travail. Vers l'âge de dix-huit ans, après avoir travaillé dans un restaurant de patates frites, Ariane décida de consulter la rubrique « Massages » du *Journal de Québec* et elle tomba sur ce qu'elle cherchait : « Le Salon Viva recrute jeunes filles pour massages. Formation assurée. » Avec un numéro de téléphone. Le salon était juste en face du restaurant de patates frites, comme quoi des Ursulines à l'appartement dans Saint-Roch, du restaurant de patates frites au salon de massage, il n'y avait qu'un pas.

La tenancière du salon était Russe, elle avait été médecin dans son pays (à ce qu'elle disait), mais elle ne pouvait exercer au Québec à cause des cours et des examens qu'elle aurait dû reprendre. Elle avait donc ouvert un salon de massage en haut d'un duplex. Au début, Madame Nina, c'était son nom, voulait faire un « vrai » salon de massage, sérieux, alors elle avait collé des affiches du genre « Le corps humain vu de l'intérieur » sur les murs, et d'autres avec les quatre groupes du *Guide alimentaire canadien*. C'était comme un décor de cinéma de cabinet de médecin, mais en vérité le Salon Viva cachait une réalité bien différente.

La moyenne d'âge des masseuses était de vingt ans et elles étaient toutes des immigrantes en attente de papiers, venues de pays aussi éloignés l'un que l'autre, d'Haïti au Maroc en passant par la Chine, le Kenya, la Roumanie et les Philippines. Ariane était la seule Québécoise, et avec l'Haïtienne, la Kenyane et la Marocaine, elles étaient trois à parler français. Madame Nina ne baragouinait qu'un mauvais anglais, alors elle allait rapidement au fond des choses :

— *Ariane ! A man for you in the room 4.*

Le client payait Madame Nina cinquante dollars pour une heure et trente dollars pour une demi-heure, et Ariane recevait quinze dollars pour une heure et dix pour une demi-heure. Avec six clients par jour, elle était épuisée ; surtout que la journée commençait à dix heures et se terminait à vingt et une heures, et qu'elle travaillait samedi, mardi et vendredi, en plus d'aller au cégep tous les autres jours. Mais au Salon Viva, Ariane touchait des corps. Et, exactement comme dans ses rapports avec les gens, cela la dégoûtait et lui plaisait tout à la fois.

C'était dans l'antichambre des masseuses que se passait le cœur de ses journées. Elle avait fait la connaissance de « Tina » (toujours, les pseudonymes), la belle *Black* qui disait « aimer masser » ; de « Eva », une Russe, et de « Lisa », la Chinoise très timide.

Lorsqu'un de ses clients avait glissé dans sa poche vingt dollars pour « un peu plus », Ariane avait accepté immédiatement. Et elle s'était mise à cacher des dizaines de billets dans ses chaussures, dans son corsage, dans ses poches et dans son sac.

Ce n'étaient pas de bien grands « extras ». Juste avec la main, quinze minutes avant la fin du massage. Les messieurs demandaient toujours : « Offrez-vous d'autres services ? » ou encore « Faites-vous des extras ? » Ariane répondait non jusqu'à ce que le client lui prenne la main.

Alors elle se regardait faire. Ariane était placée à côté d'Ariane et elle se regardait travailler comme si elle flottait au-dessus d'elle-même, s'observant du point de vue du plafond, du point de vue des anges.

Il y avait des hommes avec des couilles grises et craquelées comme des pierres volcaniques; d'autres avec des bites minuscules, noires comme des radis; d'autres qui dégageaient une odeur d'épices ou de merde; d'autres qui ne présentaient pas d'anomalies particulières mais beaucoup de bourrelets, de cellulite et de vergetures. Des hommes trop mesquins pour se payer des extras préféraient les massages près des testicules parce que étrangement, c'était toujours là que ça faisait mal, bizarre, bizarre.

Puis, un jour, il y eut Hadrien. Il était beaucoup plus jeune que les autres clients. Habillé d'un jean, avec une veste en laine beige et des foulards assortis, et une casquette en tweed, à l'anglaise. C'était un véritable dandy qui surgissait d'un roman d'Oscar Wilde en plein quartier Saint-Roch. Et il avait cette politesse, ces manières qui intimidaient Ariane, plus habituée à la rudesse des hommes qu'à leur douceur.

Le visage d'Hadrien était sculpté dans une sorte de noblesse naturelle, d'un teint clair, avec des grains de beauté comme appliqués au pinceau sur son nez et sur ses joues. Ses yeux verts brillaient au milieu de son visage sous des arcades sourcilières arrondies; son nez, long et droit, suivait la ligne des joues, légèrement creusées sous les pommettes. L'ensemble créait une harmonie sereine, mystérieuse comme un sourire étrusque.

Hadrien venait deux fois par semaine, le mardi et le vendredi à treize heures. Il demandait toujours Ariane. Une fois couché sur la table de massage, il se couvrait les fesses avec la serviette blanche, alors que la majorité des clients exhibaient poils, pustules et furoncles dans la plus grande décontraction.

Il ne demandait jamais d'extras. Il restait une heure, se rhabillait et partait. Parfois, il lui laissait un petit pourboire. Il lui serrait la main en entrant dans la cabine. Au bout de deux mois, Ariane était devenue tellement habituée aux rendez-vous d'Hadrien qu'elle l'attendait.

Il ponctuait ses semaines, lui donnant une heure de calme, de répit, de dignité. Surtout, la peau d'Hadrien était douce comme du lait, si souple et si fraîche comparée à celle, horriblement grasse et cuivrée, de ses autres clients.

Attendre quelqu'un, est-ce le début de l'amour ? Elle ne l'aimait pas. Et elle était même inquiète de constater qu'il ne lui demandait rien d'autre qu'un massage banal. Était-elle si peu désirable ? Elle n'était peut-être pas son *genre*... Hadrien était-il pauvre ? Sans doute pas, s'il se payait deux massages par semaine depuis deux mois. Était-il vraiment chauffeur de taxi ? Avec cette tenue, ces gants en cuir qu'il avait oubliés une fois, ces bons mots qu'il lui réservait ?

Un jour qu'Hadrien ne s'était pas présenté au Salon Viva, Tina, longiligne Kenyane aux fesses rebondies et aux talons hauts, s'affaissa aux côtés d'Ariane sur le canapé défoncé de l'antichambre. Elle observait Ariane tourner furieusement les pages du *Cosmopolitan* avec des écouteurs dans les oreilles et lui demanda :

— Il n'est pas venu, le Français ?

Ariane appuya à regret sur la touche « stop ».

— Quoi ?

— Hadrien. Il n'est pas venu ?

— Comment ça, il n'est pas venu ?

— Il n'est pas là, apparemment.

— On dirait, oui.

— Tu es amoureuse ?

— Amoureuse d'un *client* ? Ça va pas ? Non.

— Pourtant, il est bien, monsieur Hadrien. Ce n'est pas un « client » comme les autres, dit Tina en agitant ses deux index dans les airs en prononçant le mot « client ».

— Quoi, tu le connais si bien que ça ?

— Un peu… C'était mon client avant que tu ne travailles ici, mentit-elle.

— Ah bon ?

— Il semble bien t'apprécier, en tout cas.

Ariane bouillait.

— Et… il te demandait des extras, à toi ? chuchota Ariane.

— Parfois, oui.

Tina prit le *Cosmopolitan* des mains d'Ariane.

— Tu faisais quel genre d'extras ?

— Mais, Ariane ! Ne me dis pas que tu ne sais pas !

Tina pouffait de rire. Ariane reprit avec violence son magazine.

— Réponds !

— Une pipe, une fois, soupira Tina. Il me semble.

— Comment ça, « Il me semble » ? Et quoi d'autre ?

— Calme-toi, Ariane ! Ne me dis pas que tu ne…

— *So, girls ? You are fighting ?*

Madame Nina venait d'entrer dans l'antichambre.

— *Ariane, Hadrien for you in the room 2. Tina, your customer called. He cancelled.*

Ariane se leva en jetant à Tina un regard d'Athéna à Poséidon après qu'elle eut conquis l'Attique et alla rejoindre Hadrien dans la pénombre moite de la chambre numéro 2.

— Pourquoi tu souris comme ça ? demanda Hadrien lorsqu'il vit entrer Ariane dans la chambre.

— Moi ? Je sais pas, je… Je suis juste contente de vous revoir, c'est tout !

— Vous, les Québécoises, vous souriez constamment… Comme si vous croisiez tous les jours sur le chemin du Tim

Horton la Vierge Marie qui vous ferait coucou entre deux sapins !

Elle fut si humiliée qu'elle prétexta un malaise et demanda à Tina de faire le massage à sa place, malgré les protestations d'Hadrien qui se confondit en excuses.

Mais le vendredi suivant, Hadrien redemanda Ariane. Elle était devenue aussi froide que possible. Alors, pour la défier, il lui demanda un extra. Ariane allait s'effondrer. Tout était foutu. Mais l'extra, c'était d'aller voir un film qu'elle n'oublierait jamais, projeté au cinéma Le Clap. Ah ! le cinéma, cette double vie, le premier signe apocalyptique de disjonction, de rupture, de cet organisme ballonné et ventru qui s'appelle *film* !

Le cinéma lui avait dit que l'amour, c'était un immense bonheur grand comme l'océan, beau comme l'infini, qui la porterait beaucoup plus haut qu'elle-même, qu'en sa compagnie elle aurait l'énergie de traverser toutes les épreuves de son existence, que l'Homme de sa Vie partagerait avec elle des liens à la vie à la mort, qu'elle aurait envie de se marier avec lui, d'avoir des enfants, une maison à la campagne, un jardin où elle ferait pousser des légumes, et qu'il y aurait même des animaux autour de cette maison, ces êtres privilégiés pour qui l'absence de langage est naturel. Comparé à cela, son attachement pour Hadrien était plutôt édulcoré. Mais l'idée d'un dandy, chauffeur de taxi, Français, amateur de rock, fréquentant le Maurice d'en bas plutôt que celui d'en haut, lui plaisait assez. Cependant elle ne pouvait pas quitter le Salon Viva comme ça, du jour au lendemain. Besoin d'argent, besoin de se trouver un nouveau boulot, et puis aussi, besoin de penser à plus tard où sont supposés se nouer les destins les plus merveilleux que nous offre l'univers des possibles.

Puis un mardi banal d'avril, deux clients sont arrivés. Deux grands bruns. Un des deux a demandé Ariane. Il était particulièrement brusque. Il s'est déshabillé tout de suite. Au bout de vingt minutes, il lui a demandé si elle proposait d'autres services. Elle a répondu « Non ». Il a insisté. Il a dit qu'il était déjà venu avant et qu'il avait eu droit à beaucoup plus. Ariane a dit qu'elle ignorait tout cela. Alors il lui a pris la main. Il l'a agitée très fort sur sa misérable petite bite froide qui durcissait à peine. Puis, insatisfait, il a empoigné la tête d'Ariane et lui a plaqué la bouche sur son sexe.

Quand tout a été terminé et qu'Ariane se fut presque étouffée avec le foutre de monsieur, le client s'est rhabillé en l'empêchant de sortir, bloquant la porte. Il a fouillé dans la poche arrière de son jean et a sorti des menottes qu'il s'est empressé de lui enfiler aux poignets, gueulant au diapason avec son collègue qui venait de prendre son pied avec Tina: «Mademoiselle, vous êtes en état d'arrestation.»

Des braqueurs de dépanneurs, des ivrognes qui dormaient dans la neige et qu'on avait dérangés dans leur hypothermie, des putes trop visibles rue Saint-Joseph, un couple de punks et Ariane, réunis dans un poste de police de Saint-Roch… Tout ce beau monde qu'elle aimait dans les romans de Jean Genet mais pas dans sa vie, parce qu'après tout Ariane n'était qu'une touriste de la misère.

Ils avaient fait leur enquête. Depuis un mois, la police tournait autour du Salon Viva. Ils envoyaient tour à tour leurs hommes se faire masser. Comme ils n'arrivaient pas à prouver la criminalité de l'endroit, qui était évidente, deux des policiers de la SQ reçurent l'ordre d'y aller. Un peu fort. Et ça avait marché.

«Deux heures du matin, vous êtes sûr?» demanda Ariane à un junkie qui était dans la cellule d'attente avec elle. Les policiers avaient enfermé Madame Nina dans un bureau et elle n'en était pas sortie depuis l'après-midi, cela faisait donc huit heures qu'elle était là-dedans avec des policiers qui se relayaient.

Ariane ne connaissait personne au monde qui aurait été susceptible de l'aider. Elle était liée aux filles du travail et c'était à peu près tout, elle ne connaissait pas de gens à Québec, oui, les libraires de Pantoute, la caissière du Crac, un des serveurs du Temporel, comme ça… À neuf heures le lendemain matin, alors qu'elle n'avait pas fermé l'œil de la nuit, elle eut droit à un avocat. Ils passèrent en Cour l'après-midi même. Comme Tina, elle s'en sortit avec une peine de deux nuits en Centre de détention et cinq cents dollars d'amende, argent qu'elle n'avait pas. Là-bas, elle n'avait eu droit qu'à un seul appel (payant pour son interlocuteur). Alors elle avait cherché dans les pages jaunes le numéro de la compagnie des taxis d'Hadrien.

— Oui, c'est Ariane… Vous savez, la masseuse du Salon Viva.

— Bien sûr. Je t'avais reconnue. Tu es au poste de police ? Qu'est-ce qui se passe ?

— Je vous expliquerai… Puis-je vous demander un immense service ?

— Je t'en prie.

— Venir me chercher… Dimanche, rue de la Faune… Après mon… ma… mon séjour ici. À midi.

— Volontiers. Je serai là.

Et il était venu. Rue de la Faune. En ce magnifique dimanche de printemps.

— Vous êtes en taxi ?

— Non, c'est ma voiture. Tu te rappelles ? Je suis chauffeur de taxi.

— Sincèrement, Hadrien, je ne vous ai jamais cru.

— Tu peux me tutoyer.

— Tu es *vraiment* chauffeur de taxi ? C'est… heu… super !

— Allez, viens, Mata Hari.

— Mata Hari ?

— L'Œil de l'aurore…

Se doucher, boire de l'eau, dormir… Ariane était si épuisée par son séjour qu'elle ne reconnaissait même plus les rues qu'Hadrien empruntait. Elle était plutôt fascinée par l'intérieur de cette étrange voiture, avec des disques de groupes rock éparpillés un peu partout, un paquet de cigarettes anglaises rouge et or qui glissait sur le tableau de bord et ce livre emprunté à la bibliothèque, *The Naked Lunch*, écrit par un fils de bonne famille de la bourgeoisie américaine… Mais, surtout, ce parfum qu'elle connaissait par cœur, l'odeur du corps d'Hadrien, était imprégné si intensément dans la voiture qu'elle se sentait enveloppée d'un immense Hadrien qui l'aurait prise dans ses bras.

— C'est très gentil d'être venu me chercher. On se connaît à peine, et…

— Arrête, Ariane. Quelle différence, entre bien se connaître, pas se connaître… Nous sommes humains après tout. Et ça doit faire au moins deux mois que tu me vois à poil ! C'est assez intime comme rapports, tu ne trouves pas ?

— Je ne te vois pas « à poil », comme tu dis. Il y a la petite serviette. Et c'est un contexte professionnel.

— *Presque* professionnel. Nuance.

— Méchante nuance qui m'a valu deux nuits en prison, oui.

— N'y pense plus.

— Elle était quand même bien, Madame Nina, chuchota Ariane, les yeux fermés, la tête appuyée sur la vitre. C'est triste pour elle, elle risque deux ans de tôle… Elle a trois enfants.

— Qui ? répondit Hadrien, très surpris.

— Madame Nina. La tenancière du salon.

— Ah !

— Quoi, t'en connais beaucoup des Madame Nina, toi ?

— Non, non.

— Qu'est-ce qu'on écoute ?

— PJ Harvey. Tu aimes ?

— Connais pas. Chez moi c'était Chopin *live* tous les soirs, alors PJ Harvey…

— Bon, je te dépose où, chez toi ?

— S'il te plaît.

— C'est parti.

Silence entre eux et PJ Harvey.

— Tu vas y retourner, là-bas ?

— Où ça, au Centre de détention ?

— Non, au salon de massage.

— Jamais de la vie. J'aurais dû rester dans les patates frites, franchement y a pas une grande différence entre les patates frites pis les clients de ce salon de massage-là.

— Je vois.

— Oh ! Hadrien !... Excuse-moi, je suis fatiguée... C'est pas ça que je voulais dire.

— Alors, c'était bien, la prison ?

— Super génial trop cool.

— Tu viens d'où, toi ?

— Comment ça, je viens d'où ?

— Tu es de Québec ? Tu as grandi ici ?

— Oui. Non. Mes parents vivent à Sainte-Foy.

— Je vois.

— Tu vois quoi ?

— Un séjour en prison pour une petite fille de Sainte-Foy, ça le fait !

— Comme tu dis, « ça le fait ». Toi, tu viens d'où ?

— Paris.

— Paris ? Tu as quitté *Paris* pour *Québec* ?

— Oui.

Rue Richelieu. Rue Racine.

— J'ai faim.

— Ils ne te nourrissaient pas, dans ta nouvelle maison ?

— Arrête. C'est pas ma nouvelle maison. J'y retournerai pas. Quelle horreur, cet endroit ! Il faut payer pour manger. C'est pas un restaurant, la prison. J'ai emprunté cinq dollars à une fille et j'ai acheté des pâtes à la « cantine », comme ils disent; c'est une gardienne qui passe dans ta cellule avec des choses, du savon, du shampooing, des cigarettes, pour que tu les achètes. Alors j'ai juste acheté des pâtes et du savon.

— Elles sont comment, les gardiennes?

— *Hot.*

— Sérieusement?

— Comment t'expliquer... Tu vois Margaret Thatcher? C'est sœur Sourire à côté de ces femmes-là.

— T'exagères.

— J'exagère? Quand je suis arrivée là-bas, elles m'ont demandé de faire « la grenouille ». Ça, c'est vraiment bien.

— C'est quoi, « la grenouille »?

— C'est après la fouille à nu. On te demande de t'accroupir et de sautiller par terre.

— Pour quoi faire?

— Ils pensaient que j'avais de la drogue dans le cul.

— Pfff!

— J'ai jamais été aussi humiliée de ma vie, dit Ariane, les larmes aux yeux.

— N'y pense plus.

— Il y a des gardiennes qui font leur ronde, la nuit. Elles t'embarrent dans ta cellule et tu peux pas ressortir avant le lendemain matin. Comme si j'étais une vraie criminelle! Le jour, c'est pas mieux. Toutes les filles parlent dans ton dos, t'es toute seule dans ton coin. Il y a des caméras et des policières dans chaque recoin qui t'épient et qui font peur comme des kapos. T'es surveillée de partout, il n'y a aucun refuge! Tu es *piégée*.

— Comme Phèdre!

— Comme Phèdre?

— Comme Phèdre.

Ariane éclata en sanglots.

— Je me sens tellement sale!

Hadrien roulait lentement.

— Rue Alfred.

— Désolée, pas d'argent pour le taxi. T'imagines, je suis endettée de cinq cents dollars astheure.

— Alors là, il va falloir trouver une autre façon de payer.

— Ha! Ha! Très drôle.

— T'en fais pas. On s'arrangera.

Ariane était debout, entre le trottoir et la portière contre laquelle elle s'appuyait. Que voulait dire Hadrien par ce « On » ?

— Merci.

— Tout le plaisir est pour moi.

— Tu… veux monter chez moi ? Boire… un verre d'eau ?

— Volontiers.

— Alors, monte. C'est juste là.

— Je me gare et j'arrive.

Hadrien avait grimpé les escaliers jusqu'au minuscule un et demie d'Ariane, où il n'y avait qu'un lit, une table, une affiche d'une expo de Matisse au Musée du Luxembourg (« Tiens, tu as ça, toi ? ») et beaucoup de photos en noir et blanc dont un incroyable portrait (« C'est un garçon ? » — « Non, c'est moi à huit ans »).

Après sa douche d'une demi-heure qui avait laissé à Hadrien le loisir de consulter les livres d'Ariane dans sa petite bibliothèque, et aussi ce qui était écrit sur les post-it collés sur le frigo (« RV dentiste vendredi 16 heures », « Renouveler carte d'assurance maladie »), elle s'était étendue sur son lit avec l'espoir, disait-elle, de s'endormir pour quelques années avant de se réveiller métamorphosée en ange immaculé de virginité et de propreté cristalline pour qui les mots merde et poil n'auraient jamais existé.

Mais Hadrien ne voyait pas les choses exactement de la même manière.

Deux semaines après sa sortie de prison, Ariane faisait les auditions du Conservatoire de la ville de Québec. Elle joua un extrait des *Oranges sont vertes* et un autre de *La Cerisaie*. Par miracle, sa candidature fut retenue pour le stage puis pour la seconde audition.

Quelques mois après, elle déménagea dans le trois pièces d'Hadrien, à deux rues de chez elle, rue Notre-Dame-des-Anges, avec ses quelques affaires, des vêtements surtout et des livres. La venue de Lili dans leur vie fut plus une surprise qu'un véritable désir calculé mais, c'est aussi cela, la famille : des accidents heureux et des cauchemars d'enfants mort-nés. Elle n'avait pas très envie de le garder, mais Hadrien insistait, en fait il ne voyait pas pourquoi il faudrait encore tuer la vie, Ariane ne comprit pas ce qu'Hadrien voulait dire par ce « encore » et Lili était le dernier enfant de la famille, la branche la plus frêle et la plus verte, c'était *l'enfant*.

— Tu peux habiller Lili s'il te plaît?

— Tu ne vois pas que je suis occupé?

— Hadrien... supplia-t-elle. Ce n'est pas drôle. Tu le liras plus tard, ton journal.

— Pourquoi tu ris alors?

— Je ris pas.

Ariane rit. Hadrien se leva pour prendre les vêtements de Lili sur un des crochets de l'entrée.

Elle observait dans le miroir de l'entrée Hadrien lisant le journal, Lili jouant à ses côtés sur le canapé, se recoiffant pour la dixième fois depuis le matin. Une neige mouillée tombait sur la rue Notre-Dame-des-Anges. Ariane devait sortir, prendre le bus, se rendre au Conservatoire et il fallait habiller Lili avec une tuque, des mitaines, un pantalon de neige, des bottes, un manteau, une écharpe avant qu'Hadrien n'aille la reconduire à la garderie.

Elle se demandait d'où pouvait venir la blessure profonde qui se lisait sur le beau visage, sur les mains, sur le cou, dans tous les plis du visage d'Hadrien, des rides encore fines mais vraiment là, autour de ses yeux et aussi de sa bouche. Elle connaissait bien l'histoire du père, de la mère, de toute la famille, frères et sœurs réunis, sans jamais les avoir vus; ils occupaient, dans la tête et dans le cœur d'Hadrien mais aussi dans la vie d'Ariane, la place de fantômes qui espionneraient, tapis quelque part dans une des pièces de la maison, ou encore à table avec Hadrien, elle et l'enfant, le soir.

Ariane enfila son manteau et ses bottes et partit sans embrasser Hadrien et Lili, trop absorbée par le dehors. Elle courut après l'autobus qu'elle ratait tous les matins.

— Excusez-moi! souffla Ariane en tapotant la portière. Elle fouilla dans son sac à dos.

— Merde… J'ai encore oublié ma passe de bus!

— Alors il faut mettre de la monnaie, dit le chauffeur.

— *Come on*, Jean-Guy! Pour ta passagère préférée? supplia Ariane en battant des paupières.

— Ariane, ça fait trois matins que tu me fais ça. Je suis pas ton chauffeur privé, moi.

— Oui, mais ce matin Lili a fait une grosse crise et…

— C'est correct, tannante.

Arrivée au Conservatoire après la demi-heure d'exercices et d'étirements matinaux imposés à tous les élèves et même au personnel de l'école, elle entra dans sa classe. On ferait une répétition à l'italienne de *Dom Juan*. Le ton monocorde sur lequel les élèves lançaient leurs répliques ne les faisait plus rire depuis longtemps.

Ils étaient douze dans sa classe, six filles et six garçons. Ariane regardait entrer ses collègues par petits groupes. Il y avait trois filles, Janie, Marie-Ève et Agathe, qui passaient tout leur temps ensemble; deux d'entre elles, Janie et Marie-Ève, étaient colocataires. La troisième sortait avec un type de la promotion, Francis, qui avait déjà couché auparavant avec les deux autres filles au cours d'une soirée à laquelle Ariane avait aussi été conviée. Une autre fille entra, Mireille, toujours en retard, les cheveux encore mouillés de sa douche du matin. Mireille avait été la maîtresse de Marc, le plus beau mec de l'école et le seul jusqu'à maintenant qui avait décroché un rôle pour l'année suivante dans une série télévisée à Radio-Canada. Mais officiellement Mireille sortait avec Louis, qui avait lui-même eu une aventure avec Francis. Il y avait aussi Chloé, absente, sorte d'oiseau rare, excellente comédienne, intelligente. Étaient déjà assis dans la classe : Gabriel, qui flirtait avec Ariane et toutes les filles en général, puis Jean-Eudes et Sam, homosexuels et vaguement ensemble.

Au bien nommé Conservatoire, tout le monde savait qu'Ariane habitait avec un Français chauffeur de taxi qui lui avait fait un enfant l'année précédente.

— Vous allez reprendre à la scène II de l'acte II.

— Encore !

— Si tu veux pas la refaire, Gabriel, tu peux t'en aller. La porte est là.

— Non, non, ça va.

— Ariane, tu es prête ?

— Oui. Juste le passage, là…

— Lequel ?

— « Ah ! la belle personne, et que ses yeux sont pénétrants ! » Je ne devrais pas m'avancer vers Charlotte à ce moment-là ? Comme ça ? (Ariane s'avance.)

— On peut essayer… C'est pas mal. Allez, on reprend. Scène II, acte II. Avec les déplacements.

Les élèves se remettent en place. Ariane, dans le rôle de Dom Juan, s'apprête à aller voir Gabriel, dans le rôle de Charlotte.

— « Ah ! ah ! d'où sort cette autre personne, Sganarelle ? As-tu rien vu de plus joli ? Et ne trouves-tu pas, dis-moi, que celle-ci vaut bien l'autre ? »

— « Assurément. Autre pièce nouvelle. »

— « D'où me vient, la belle, une rencontre si agréable ? Quoi ? dans ces lieux champêtres, parmi ces arbres et ces rochers, on trouve des personnes faites comme vous êtes ? »

— « Vous voyez, monsieur. »

— « Êtes-vous de ce village ? »

— « Oui, monsieur. »

— Stop! Les enfants, ça ne va pas du tout. Gabriel, Charlotte est une jeune femme, une paysanne. Pas une caricature! Qu'est-ce que tu as aujourd'hui?

— Je ne me sens pas très «Charlotte».

— Vraiment! C'est le temps de le dire, on est rendus presque à la fin de l'année!

— Je me demande pourquoi tu as inversé les rôles: moi dans celui d'une fille et Ariane dans celui de Dom Juan.

— Ce n'est pas ça du tout qui te dérange, Gabriel. Tu râles parce que tu n'as pas le rôle principal. Mais je vais te dire quelque chose, mon petit. Tu n'es pas le centre du monde.

— Heu... je n'ai pas exactement la même vision des choses.

Toutes les filles pouffent, sauf Ariane. Ariane se demande si Gabriel et la prof ont couché ensemble.

— Allez. On reprend. Si t'étais pas en troisième année, Gabriel, ton insolence n'aurait pas franchi le pas de ma classe depuis longtemps.

— Non, mais c'est vrai... Pourquoi tu as inversé les sexes? insistait Gabriel.

— Tu veux vraiment savoir?

— Je crois que c'est l'objet de ma question.

— Il y a une différence, vous savez, entre le sexe et le genre. Au théâtre, on peut dire: «Je suis une femme, mais je suis un homme» ou encore «Je suis un homme, mais je suis une femme.» Maintenant, vous réconciliez deux choses qui, à la naissance, étaient considérées comme incompatibles. Quand vous êtes nés, on a dit de vous: «C'est un garçon» ou encore «C'est une fille». Maintenant je veux que vous inversiez la donne. Vous vous retrouvez *avant* ce choix. Allez, on reprend. Dom Juan à «Êtes-vous de ce village». Ah! et puis non! Vous m'énervez, tous.

Les élèves sortirent en maugréant et se dirigèrent vers la salle commune avant l'essayage des costumes, qui avait lieu dans une heure. Ariane sortit.

— Ariane?

— Ah! Gabriel!

— Où tu vas?

— Dehors. Tu viens?

— Fait trop froid.

— Non, non, ça va. Ça fond. Regarde, en bas, dit-elle en montrant le fleuve de la fenêtre. C'est passé du blanc au bleu, au milieu. Il fait soleil... Et on est bien à l'abri du vent. Tu viens?

Il restait debout derrière elle, trop près de son dos pour que cela soit innocent; elle se dégagea et l'entraîna dehors, puis s'arrêta en haut des escaliers qui donnent sur la Basse-Ville. Gabriel tirait sur sa cigarette, et Ariane le voyait sans le regarder, dans ses habits de poète maudit, son foulard usé, son manteau ouvert sur sa chemise blanche en lin elle-même ouverte, son jean, ses chaussures marron en cuir italien. Chez Gabriel tout était calculé au millimètre près jusqu'au troisième bouton de chemise négligemment attaché et qui risquait de céder à tout moment.

— Je joue faux, lança Gabriel.

— Mais non.

— Je n'ai pas tellement l'air d'une «Charlotte», n'est-ce pas? demanda-t-il en s'asseyant auprès d'elle.

— Moi, je t'aime bien en fille.

— Toi, t'es toujours d'accord! C'est hallucinant. Je ne t'ai pas entendue une seule fois contredire un prof. Non mais, attends, regarde-moi; avoue que j'aurais été trop parfait pour faire Dom Juan!

— Ouais, peut-être, dit Ariane, regardant Gabriel droit dans les yeux.

— Comment va ta petite?

— Ça va.

— Dis-moi, t'as couché avec Chloé ?

— Non. Toi ?

— Non. T'as envie ?

— Oui.

Puis ils retournèrent en classe. On avait taillé à Ariane une minuscule redingote de Dom Juan et un chapeau noir en feutre, et une grande robe beige pour Gabriel. La maquilleuse passa trois heures à coller des poils de barbe sur les joues lisses d'Ariane, puis abandonna et lui mit une barbe à élastique, moins jolie mais moins piquante. Chloé répétait pour une autre pièce dans les salles du premier étage, en ballerines et en jupon.

Vers dix-huit heures, le taxi d'Hadrien se stationna devant l'entrée du Conservatoire. Il revenait de la garderie avec Lili, attachée derrière dans le siège pour bébé. Dans l'entrée de l'école, Ariane croisa Chloé qui se dirigeait vers la sortie, son cellulaire collé à l'oreille. Elle lui fit un petit signe et disparut dans l'hiver tandis qu'Ariane la suivait, à dix pas derrière elle, se dirigeant nonchalamment vers le taxi.

Le téléphone se mit à sonner au moment où Ariane mettait le pied dans l'appartement, Lili dans ses bras.

— Allô ?

— Bonjour, Ariane. C'est Violaine.

Elle faillit échapper sa fille. La mère d'Hadrien n'appelait qu'une fois par année, à Noël, et on était le 28 février.

— Oui ! Bonjour. Vous allez bien ?

— Non, pas tellement. Hadrien vous a-t-il dit que son père était très malade ?

Ariane l'entendit claquer la porte de son taxi, dans la rue.

— Euh… Non… Je veux dire, oui… Comment va-t-il ?

Hadrien entra dans la maison. Ariane raccrocha.

— T'es vraiment mal placée pour me faire la morale par rapport à mon père ! Toi, tes parents, ils sont à vingt minutes de chez nous et tu n'y vas jamais ! cria Hadrien dans le combiné.

— T'es devenu fou ou quoi !

Lili pleurait.

— Tu sais très bien pourquoi je n'y vais pas !

— Alors me fais pas la morale pour mon père.

— OK, OK. Je pensais que t'aurais pu être triste. Fais semblant, au moins.

Ariane aussi pleurait.

— Mais ça va, à part ça ? Tu as revu tes frères et sœurs ? Comment ça se passe ?

— Plutôt bien. C'est pour ça que je te dis ça.

— Mes parents me font tellement peur, Hadrien… C'est pas la même chose que toi. Tu le sais… Chaque fois que j'y vais… J'ai tellement peur qu'ils me disent… des choses… comme… que j'aurais jamais dû m'inscrire au Conservatoire… que je ne ferai jamais rien de ma vie… qu'on ne vit pas de ce métier-là… Et aussi, que je ne vais pas les voir assez souvent… Et puis, ils me posent des questions… sur l'argent… et sur ma vie… Je mens… T'imagines s'ils apprenaient, pour le salon de massage… Et le reste… Je ne leur ai jamais rien dit… Eux non plus, d'ailleurs, ne m'ont jamais rien dit. On reste sur nos gardes… En plus, je me sens tellement coupable… À cause de l'argent… Ils m'ont tellement aidée, et encore plus depuis qu'on a Lili, expliquait Ariane en pleurant.

— Calme-toi, Ariane.

— Tu prendrais Lili dans tes bras, s'il te plaît? demanda Ariane à Éléonore, la gardienne.

— Allô?

— Oui, oui, je suis là.

La gardienne prit un biberon et alla le remplir à la cuisine en émettant beaucoup de bruit pour faire comprendre à Ariane que celle-ci abusait et qu'elle voulait s'en aller maintenant.

— Je crois qu'une des choses dont j'ai souffert le plus quand j'étais enfant, c'était le sentiment de vivre dans l'irréalité, d'être absolument hors de danger. Comme si on m'avait caché quelque chose. C'est extrêmement frustrant, la sécurité.

— Mais tous les enfants ont besoin de se sentir en sécurité.

— Pas comme ça. Je me sentais prise au piège dans ma propre innocence. Je crois que pendant longtemps j'ai voulu souiller le fait que j'étais une « privilégiée ».

— Mais aujourd'hui, tu ne la vois plus, ta famille.

— Je pense qu'il y a une autre photo derrière les photos de famille, une photo exactement inversée, et j'ai l'impression que c'est là que je me trouve. Je suis dans le négatif.

— Ariane, tu dérailles complètement. Passe à autre chose! Paie la gardienne, repose-toi, loue-toi un film…

— OK. Tu reviens quand?

— Demain.

— À demain alors.

— Je t'embrasse très fort.

— Moi aussi.

Elle raccrocha à regret.

— Tiens, tu es encore là? demanda Ariane à la gardienne qui était au bord des larmes.

— On dirait.

— C'est bon, tu peux partir. Ah! excuse-moi, c'est combien?

La gardienne empocha son salaire et claqua la porte avec violence. Bon! Cette folle était enfin partie. Ariane s'endormit avec Lili dans le grand lit bleu.

Hadrien avait rapporté une tour Eiffel en peluche pour sa fille, du parfum pour Ariane, deux bonnes bouteilles et du foie gras. Ils avaient couché Lili dans sa chambre et ils dînaient tous les deux, et c'était extraordinaire de se retrouver autour de la France réunie comme ça, devant eux sur la table.

— Je vais aller les voir.

— Qui ?

— Mes parents.

— Tiens ! Du nouveau.

Ariane se mit à avoir une migraine qui gâcha le magnifique repas. Comment affronter la distance et le silence d'un seul coup ? Elle but un autre verre de vin, le vin du pays d'Hadrien, qui était délicieux.

Comment ferait-elle pour contourner cet oubli, cet oubli grand comme un lac qui avait été au commencement, à la genèse de sa vie ?

Elle s'excusa auprès d'Hadrien et se coucha, fixant le plafond de son appartement de la rue Notre-Dame-des-Anges.

Elle avait grandi dans ce que l'Amérique avait inventé de plus laid, de plus médiocre, de plus odieux, l'endroit du plus mauvais goût de la terre, le plus violent et le plus morbide : la banlieue. Mais elle savait bien qu'elle irait, enfant modèle tout droit sortie de la comtesse de Ségur, qu'elle retournerait demain dans sa famille enchantée qui habitait cette banlieue confortable et sûre. Elle pensait aux milliards de kilomètres de moquettes, étendues dans toutes les maisons de banlieues de toutes les villes du monde. Aux dizaines de millions de bibelots sur les cheminées, aux milliers de croûtes accrochées aux murs, aux tapisseries, aux tableaux de toutes sortes, aux dizaines de milliers de télécommandes. La planète-banlieue donne rapidement le tournis. C'est la patrie la plus internationale qui soit. Banlieusards du monde, unissez-vous !

Elle pensait à cela aux côtés d'Hadrien endormi qui ne ronflait pas, qui ne ronflait jamais d'ailleurs. Au téléphone, tout à l'heure, ils lui avaient dit que ça leur ferait vraiment plaisir si elle passait. Demain ? Oui, pourquoi pas. Quand elle voudrait.

Le lendemain soir, après avoir fait l'aller-retour trois fois entre son appartement et l'arrêt d'autobus, Lili sur le dos, Ariane marchait enfin dans les rues de Sainte-Foy qu'elle exécrait au plus profond d'elle-même, enfouissant son visage sous sa capuche de peur d'être reconnue par un visage d'avant.

Elle arriva devant l'immense maison en briques roses qui avait bercé son enfance, avec les colonnes doriques en plastique et l'aménagement de l'entrée du garage en pierres taillées, cernée par des haies de cèdres parfaitement découpées, entre une rue impeccablement déblayée et un gigantesque garage blanc de la taille de l'appartement d'Hadrien et d'Ariane.

Elle sonna au carillon en plastique qui cachait un microphone permettant au visiteur de parler aux maîtres de la maison sans que ceux-ci aient à sortir. « Bonjour ! » dit Ariane dans le microphone. Ses parents accoururent immédiatement à la porte blanche, triplement verrouillée et protégée par un système d'alarme à caméra.

Sa mère, vêtue d'une tunique en soie et d'un collier de perles, l'embrassa chaleureusement. Son père, en chemise Ralph Lauren avec un pull en laine noué autour des épaules, lui donna un baiser paternel sur le front. Il accrocha son manteau à un cintre en cèdre. Au-dessus de l'entrée était suspendu un immense lustre dont les larmes en plastique ne brillaient d'aucun reflet.

On discuta dans le salon où brûlait un faux feu de bois dans une cheminée qui fonctionnait au gaz. Un plancher en similibois recouvrait le sol sur toute la longueur. Des canapés, des chaises, des rideaux harmonisés dans des teintes pastel entouraient le faux foyer qui ne dégageait aucune chaleur, aucune odeur ni aucune fumée. Trois télécommandes étaient déposées en parallèle sur l'immense téléviseur d'au moins un mètre cube. Dans la salle à manger, la table était dressée comme pour un jour de fête.

Ses parents étaient heureux de la voir, ils souriaient sans cesse, sa mère était très nerveuse et s'agitait dans la cuisine où trônaient un poêle, un frigo à trois portes en acier chromé et un lave-vaisselle de fabrication allemande de l'année. Sa mère déposa les plats fumants sur la table et cela sentait très bon les oignons, le beurre, l'ail, le thym, les champignons, le bouillon et les tomates.

— J'ai aussi fait des pommes de terre à la dauphinoise.

Puis viennent les silences et les pudeurs. Les murs pleurent, ils ont vu grandir et vieillir, et toujours ce plat de veau à la tomate qui refroidit au milieu de la table et qu'on ne veut pas toucher. Ariane est mal à l'aise, elle ne sait pas vraiment quoi dire. Son père a une barbe avec des poils blancs. Elle ne se rappelle pas sa barbe d'avant, sans les poils blancs. Elle n'a pas beaucoup vu son père vieillir.

— Comment elle va, la petite Lili ? demande la mère d'Ariane en regardant dans le landau placé à côté d'elle.

Ariane est troublée par cette question qui a traversé plusieurs ventres de femmes dans sa famille.

— Bien.

— Et Hadrien ?

— Son père est mort.

— Et tu ne nous as rien dit ! s'exclame sa mère.

— Ça ne l'a pas trop bouleversé.

Est-ce que Lili bougera ses mains de cette manière, comme sa mère le fait, en les ouvrant, les doigts pointés vers le ciel, comme des fleurs ?

— Alors, c'est bon ?

Coup d'œil à la maman. Souvenir d'anniversaire des seize ans d'Ariane. Ils ont tous oublié sauf sa mère qui, attristée autant qu'elle parce que le téléphone ne sonnera plus, achète des crêpes aux crevettes chez un traiteur laotien de Québec. Elles mangent les crêpes brûlantes sur le balcon derrière la maison, rite de passage triste dans la langueur rose du 24 mai.

— Je pense prendre ma retraite bientôt, dit son père.

— Alors, c'est bon ? redemande la mère.

— Oui, maman. C'est très bon.

Coup d'œil au papa. Il y a quelques années, il s'asseyait dans le fauteuil beige, lisant des dossiers pour son travail ; Ariane et lui écoutaient un obscur Debussy aux sonorités d'argent pendant qu'Ariane découvrait la littérature. Souvenir de Rimbaud sur fond de *Brouillards* et *Bruyères* : « Ô Douceurs, ô monde, ô musique ! Et là, les formes, les sueurs, les chevelures et les yeux, flottant. Et les larmes blanches, bouillantes, — ô douceurs ! — et la voix féminine arrivée au fond des volcans et des grottes arctiques. »

— Tu finis tes cours quand ? demande le père.

— Bientôt. Il y a la dernière production de fin d'année en juin.

— Et après, tu vas faire quoi ?

Grande inspiration dans les poumons d'Ariane.

— Je ne sais pas, on verra, hein ?

Fromages.

La mère débarrasse la table et revient avec un panier de fruits. Elle prend une poire dans le panier déposé au milieu de la table. Elle coupe la poire en étoile et en porte les quartiers à sa bouche, nourrissant son corps et peut-être un monstre autrefois avalé, le monstre de sa propre enfance dont Ariane ne sait rien parce qu'en parler le réveillerait, peut-être ?

— Tu veux rentrer ? suggère la mère d'Ariane après le repas, voyant sa fille regarder par la grande baie vitrée du salon qui donne sur la piscine extérieure recouverte d'une épaisse couche de neige.

— Bientôt, oui.

— Ton père va aller te reconduire.

— Je peux juste aller dans ma chambre une seconde ?

— Comme tu veux. On garde Lili ici, pendant ce temps-là ?

Ariane monte les escaliers en bois de son enfance. Elle n'a plus le même point de vue sur les choses parce qu'elle est plus grande. Tout en haut de l'escalier, sous le puits de lumière où elle aimait regarder les étoiles, il y a deux de ses dessins d'enfant, encadrés comme si c'étaient des tableaux de grands peintres. Dans sa chambre, il y a encore le tapis rose, les médailles de natation accrochées au miroir, les livres d'enfant, la collection de coquillages, et dans les tiroirs, des journaux intimes qu'elle n'ouvre pas, insupportables souffrances d'enfant. Les rideaux sont toujours les mêmes, en fin tissu blanc.

— Ariane, tu as besoin de quelque chose ? lui demande sa mère, d'en bas.

— Merci, maman. Ça va aller.

Chaque objet a gardé sa place intacte dans le cœur d'Ariane.

— Alors, raconte ! demanda Hadrien à Ariane qui rentrait. Raconte-moi comment ça s'est passé.

— Non.

— Non ?

— Non. On va danser. Appelle Éléonore, la fille des voisins, pour garder Lili. Nous, on sort.

— Ariane, c'est samedi soir. Je travaille le samedi soir, c'est mon plus gros soir. Je dois y aller, d'ailleurs, je suis en retard.

— Non. Je m'en fous. Il faut que je sorte, là, ça me rend folle Sainte-Foy. On sort. On sort jamais le week-end. J'en ai marre. Appelle.

Ariane avait décroché le téléphone du mur.

— Appelle.

— Ariane, c'est hors de question.

— Y a pas que le travail dans la vie. Appelle ! On va à Montréal !

— Ariane, tu es ridicule ! Il est onze heures, on va arriver à Montréal à deux heures du matin !

— J'm'en fous ! J'm'en fous ! J'm'en fous !

Ce qu'Ariane aimait le plus au monde, c'était monter dans le taxi d'Hadrien, apporter des bières et des cigarettes, des CD… et rouler, comme ça… Regarder défiler les paysages sans but…

— Dis-moi, Lili a manifesté quel genre d'intérêt pour ses grands-parents ? demanda Hadrien.

— Je pense qu'elle les aime bien. Ma mère est très maternelle avec elle, tellement douce… Ce serait bien qu'elle connaisse *au moins* ses grands-parents québécois.

— C'est un reproche que tu me fais?

— Pas du tout. Mais c'est vrai que ce serait encore mieux si elle voyait de temps en temps sa famille française. Elle a les deux passeports, cette petite.

— J'y pensais, justement.

— Comment ça?

— Pourquoi on n'irait pas à Paris l'hiver prochain? Il y a des billets pas trop chers, en novembre. Et on pourrait dormir chez mon frère Christian... Il vient de s'acheter un appart à Paris.

— Je... suis sans voix!

— Pour une fois.

— T'es con. Je suis trop contente! On pourra aller à Paris! Tous les trois! C'est fou! Tu en es sûr?

Sonic Youth hurlait dans les haut-parleurs de la voiture, suivant la tempête, «*Let me ride you until you fall*».

— J'espère que Lili ne se sentira jamais obligée de choisir. Qu'elle ne se sentira pas partagée, déchirée entre deux cultures.

— Entre deux langues, tu veux dire... fit Hadrien en souriant.

— Ce que tu peux être méprisant...

— Tu sais ce qu'a écrit Melville à propos de Québec? Que c'est une forteresse imprenable. Une forteresse qui se referme sur ses habitants, une forteresse aussi isolée qu'une île, où les gens ne se comprennent qu'entre eux.

— Normal: c'est un langage flou au statut flou.

— En tout cas, Lili est prise exactement entre les deux. Entre la forteresse québécoise et le périphérique parisien. La joie!

— Je crois qu'il n'y a aucun lien entre les deux cultures. Nous n'avons *rien* en commun, nous sommes avant tout Américains et c'est bien ça qui vous fait peur.

— Pas Américains: Indiens.

Hadrien changea de vitesse.

— Tiens, on arrive.

— Où ?

— À Montréal.

— Enfin.

— Tu vois, là ? C'est l'Oratoire.

— Magnifique… On ne vient pas assez souvent à Montréal, Hadrien.

— Je sais.

— On va où maintenant ?

— Heu… Donne-moi une gorgée.

— Pourquoi on va pas sur Saint-Denis ?

— Bof !

— Tiens-toi bien.

Hadrien la traîna « faire son marché », comme il disait. Ariane ne se doutait pas que dans l'arrière-boutique d'une des bouquineries de la ville, où les livres s'empilaient jusqu'au plafond dans une précarité mystique qui n'avait rien à voir avec le nombre d'or, se vendaient jusqu'à trois heures des substances illicites qui se respiraient en coup de vent avec le libraire ; que sur le boulevard Saint-Laurent, les garçons que l'on croisait toutes les deux minutes avec des lunettes de *geeks* et des écouteurs de DJ, le manteau ouvert sur des t-shirts fluo, pouvaient vous fournir en pilules et, parfois, en jolies filles aux peaux de cannelle ; que des gens au style très étudié, touffes de cheveux et bottes en cuir blanc, buvant des choses compliquées au Laïka, étaient de véritables « scouts toujours prêts » ; qu'à la fin de la nuit, c'était dans les *diners* immenses de la rue Sainte-Catherine, où s'animaient des peintures vivantes de Hopper, que l'on pouvait voir les plus beaux travelos du monde.

— Où t'as appris tout ça ?

— Jeune Fille, j'ai eu une vie avant toi.

— Gare-toi ici.

— Sois folle.

— Je le suis.

— Tiens, t'as vu le Rapido ? C'est devenu un repaire d'étudiants en multimédia ou quoi ?

Sur Saint-Laurent, ils sont entrés dans un bar qu'il aimait, auquel on accédait par un escalier extrêmement étroit, où les serveuses étaient lesbiennes et les clients, étudiants aux Beaux-Arts à Concordia ; ce soir-là, les étudiants regardaient des concours de femmes culturistes à la télé, plaquée dans un des coins supérieurs de la pièce. Au bar buvaient sans soif des hommes gros, essayant de draguer deux jeunes punks québécoises, plutôt jolies mais visiblement paumées, tenant en laisse leurs trois chiens qui les réchauffaient la nuit ; une fille ressemblant à Louise Brooks gueulait qu'elle faisait sa thèse sur Duras, à peu près comme toutes les filles du Département d'études françaises de l'Université de Montréal. Des anglophones aux espadrilles Lacoste jouaient au billard.

Ariane siffla trois tequilas et poussa une table ; une des punks se leva pour la rejoindre ; personne ne dansait vraiment dans ce bar mais Ariane avait ce don d'amener la vie partout où elle passait. Hadrien était resté au comptoir boire coup sur coup les tequilas qu'Ariane commandait sans les avaler ; ils étaient maintenant une vingtaine dans cette salle minuscule à crier et à danser n'importe comment, mais avec *duende*... Ariane s'offrit aux bras minces, à peine velus, à peine musclés d'Hadrien. Elle se donna à lui dans la danse et sur les lèvres comme on le fait avec un amant qu'on veut impressionner, mais cette fois c'était Hadrien qu'elle avait choisi et qu'elle aimait, avec qui elle voulait vivre et mourir aussi, pensait-elle dans l'ivresse.

— Attends, je vais aux toilettes.

Ariane pensa à sa fille, s'inquiéta de savoir si tout allait bien. On espère toujours que l'enfant n'héritera pas du plus mal, du plus mauvais, qu'il est là pour, en quelque sorte, «sauver» quelque chose ou quelqu'un. C'est un peu le rêve de toutes les mères, celui d'accoucher du Messie attendu.

— Ça va, Ariane? cria Hadrien au travers de la porte des toilettes mixtes, scribouillées de graffitis.

Elle déplia ce vieux portrait de famille trouvé au sous-sol et glissé dans son portefeuille pour le contempler une nouvelle fois. Que pouvaient-ils tous cacher derrière leurs visages, lissés sur une feuille entre le réel et la technique? Leurs sourires figés se faisaient-ils complices des cadeaux empoisonnés, des tares lancées de génération en génération et parvenues jusqu'à elle?

— Si tu me cherches, je suis au bar.

— À prendre ton quatrième Jack? rétorqua Ariane.

— T'as tout compris.

Était-elle vraiment issue de ces ventres, de ces mains, de ces cheveux, de ces yeux qui ont donné leur couleur aux siens? De qui sommes-nous *aussi* l'enfant? Est-ce de lui, cet oncle borgne appuyé sur un bâton, malade? Est-ce d'elle, cette tante maigre, ou de lui, ce cousin fou à l'œil pourtant vif? Est-ce de toi, est-ce de toi, est-ce de toi?

— Ariane, qu'est-ce que tu fous!

Famille, cette terreur du sang qui nous précède et que l'on réchauffe, ces germes que l'on traîne en attendant qu'ils éclosent. Arbre d'exils, de guerres, de morts, d'emprisonnements, d'alcoolisme, de suicides, de viols, d'incestes, de violence, de fausses couches, de faillites, de deuils, d'extrême pauvreté, de maladies mentales, physiques, génétiques...

— Tu me forces à en prendre un cinquième, *babe*.

Famille, mystère des mariages d'amour, des envies, des goûts, des talents, des réactions, des impulsions, vives, inexpliquées, étrangement partagées. Sang d'un cœur, d'un élan, de quelque chose qui roule et qui bat d'une manière irréversiblement puissante. Sang d'un souffle issu de la naissance du souffle des hommes, du premier des hommes. Est-ce que cela viendrait de là, ce goût de vivre pour l'effort de vivre, ce choix délibéré et assumé de la vie en elle-même qui est bonne, qui est bonne juste pour ce qu'elle est, parce qu'elle est la *vie* ?

— Allez, viens, on se tire, s'impatientait Hadrien. On va à l'hôtel, juste en face.

Ariane fixait toujours le visage de ses ancêtres, jaunis par les ans.

— Hadrien, je ne suis pas dans le négatif, je suis dans un cercle ! dit Ariane, exaltée, en sortant des toilettes.

— Tiens. Bois un mojito plutôt.

Ils sortirent du bar, se tenant péniblement à la rampe tant les escaliers étaient étroits et abrupts. Ils traversèrent la rue bordée de neige, entrèrent dans cet hôtel où l'on pouvait payer pour une heure ou pour une nuit, ils appelèrent à la maison parce qu'Ariane était trop inquiète pour leur fille, ils s'offrirent l'un à l'autre dans cette ville qu'ils connaissaient à peine, ils étaient jeunes, ils se réveillèrent dans la lumière oblique du matin, ils entendirent les camions de livraison qui déchargeaient leurs caisses de bières dans les bars avoisinants, enveloppés dans cette luminosité blanche de l'hiver, dans ces soleils amassés qui leur coulaient dans les veines.

Vers midi ils reprirent le chemin de Québec, là où les eaux se rétrécissent.

Dans la même collection

Donald Alarie, *Tu crois que ça va durer ?*
Émilie Andrewes, *Les mouches pauvres
    d'Ésope.*
Aude, *L'homme au complet.*
Aude, *Quelqu'un.*
Noël Audet, *Les bonheurs d'un héros
    incertain.*
Noël Audet, *Le roi des planeurs.*
Marie Auger, *L'excision.*
Marie Auger, *J'ai froid aux yeux.*
Marie Auger, *Tombeau.*
Marie Auger, *Le ventre en tête.*
Robert Baillie, *Boulevard Raspail.*
André Berthiaume, *Les petits caractères.*
André Brochu, *Les Épervières.*
André Brochu, *Le maître rêveur.*
André Brochu, *La vie aux trousses.*
Serge Bruneau, *Hot Blues.*
Serge Bruneau, *Rosa-Lux et la baie des
    Anges.*
Roch Carrier, *Les moines dans la tour.*
Daniel Castillo Durante, *La passion des
    nomades.*
Normand Cazelais, *Ring.*
Denys Chabot, *La tête des eaux.*
Anne Élaine Cliche, *Rien et autres
    souvenirs.*
Hugues Corriveau, *La maison rouge du
    bord de mer.*
Hugues Corriveau, *Parc univers.*
Esther Croft, *De belles paroles.*
Claire Dé, *Sourdes amours.*
Guy Demers, *L'intime.*
Guy Demers, *Sabines.*
Jean Désy, *Le coureur de froid.*
Jean Désy, *L'île de Tayara.*
Danielle Dubé, *Le carnet de Léo.*
Danielle Dubé et Yvon Paré, *Un été en
    Provence.*
Louise Dupré, *La Voie lactée.*
Sophie Frisson, *Le vieux fantôme qui
    dansait sous la lune.*
Jacques Garneau, *Lettres de Russie.*
Bertrand Gervais, *Gazole.*
Bertrand Gervais, *Oslo.*
Bertrand Gervais, *Tessons.*
Mario Girard, *L'abîmetière.*
Sylvie Grégoire, *Gare Belle-Étoile.*
Hélène Guy, *Amours au noir.*
Louis Hamelin, *Betsi Larousse.*
Julie Hivon, *Ce qu'il en reste.*

Sergio Kokis, *Les amants de l'Alfama.*
Sergio Kokis, *L'amour du lointain.*
Sergio Kokis, *L'art du maquillage.*
Sergio Kokis, *Errances.*
Sergio Kokis, *La gare.*
Sergio Kokis, *Kaléidoscope brisé.*
Sergio Kokis, *Le magicien.*
Sergio Kokis, *Le maître de jeu.*
Sergio Kokis, *Negão et Doralice.*
Sergio Kokis, *Saltimbanques.*
Sergio Kokis, *Un sourire blindé.*
Andrée Laberge, *La rivière du loup.*
Micheline La France, *Le don d'Auguste.*
Andrée Laurier, *Le jardin d'attente.*
Andrée Laurier, *Mer intérieure.*
Claude Marceau, *Le viol de Marie-France
    O'Connor.*
Véronique Marcotte, *Les revolvers sont
    des choses qui arrivent.*
Felicia Mihali, *Luc, le Chinois et moi.*
Felicia Mihali, *Le pays du fromage.*
Marcel Moussette, *L'hiver du Chinois.*
Clara Ness, *Ainsi font-elles toutes.*
Paule Noyart, *Vigie.*
Yvon Paré, *Les plus belles années.*
Jean Pelchat, *La survie de Vincent Van
    Gogh.*
Jean Pelchat, *Un cheval métaphysique.*
Michèle Péloquin, *Les yeux des autres.*
Daniel Pigeon, *Ceux qui partent.*
Daniel Pigeon, *Dépossession.*
Daniel Pigeon, *La proie des autres.*
Hélène Rioux, *Le cimetière des éléphants.*
Hélène Rioux, *Traductrice de sentiments.*
Martyne Rondeau, *Ultimes battements
    d'eau.*
Jocelyne Saucier, *Les héritiers de la mine.*
Jocelyne Saucier, *Jeanne sur les routes.*
Jocelyne Saucier, *La vie comme une
    image.*
Denis Thériault, *Le facteur émotif.*
Denis Thériault, *L'iguane.*
Adrien Thério, *Ceux du Chemin-Taché.*
Adrien Thério, *Mes beaux meurtres.*
Gérald Tougas, *La clef de sol et autres
    récits.*
Pierre Tourangeau, *La dot de la Mère
    Missel.*
Pierre Tourangeau, *Le retour d'Ariane.*
André Vanasse, *Avenue De Lorimier.*
France Vézina, *Léonie Imbeault.*

DANGER

LE
PHOTOCOPILLAGE
TUE LE LIVRE

Cet ouvrage
composé en Palatino corps 11,5 sur 14,5
a été achevé d'imprimer
en avril deux mille six
sur les presses de
HLN
Sherbrooke (Québec), Canada.

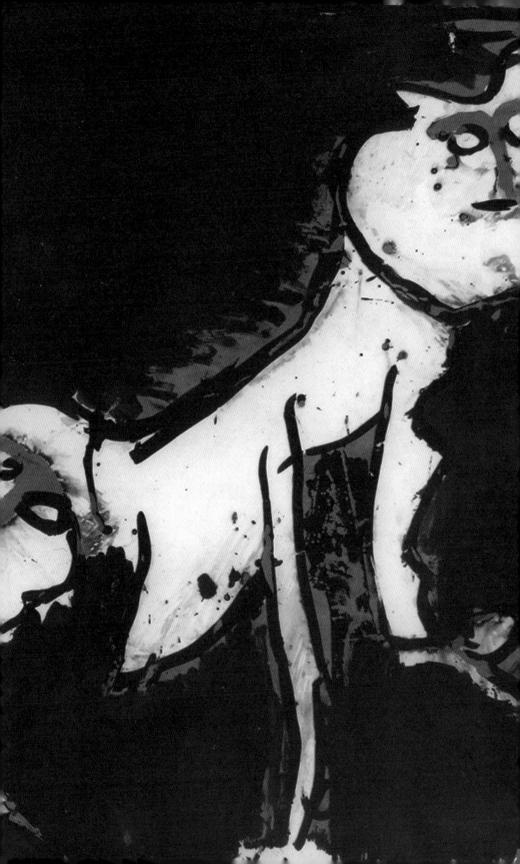